陶淵明之思想與清談之關係

陳寅恪◎著

山西出版傳媒集團
山西人民出版社

圖書在版編目(CIP)數據

陶淵明之思想與清談之關係 / 陳寅恪著.陶淵明批評 / 蕭望卿著. —太原： 山西人民出版社，2014.12
(2024.2重印)
(近代名家散佚學術著作叢刊 / 許嘉璐主編)
ISBN 978-7-203-08756-4

Ⅰ. ①陶… ②陶… Ⅱ. ①陳… ②蕭… Ⅲ.①陶淵明(365～427)—思想評論②陶淵明(365～427)—古典詩歌—詩歌研究 Ⅳ. ①I207.22

中國版本圖書館CIP數據核字(2014)第234712號

陶淵明之思想與清談之關係．陶淵明批評

主　　編　許嘉璐
著　　者　陳寅恪　蕭望卿
責任編輯　馮靈芝

出 版 者　山西出版傳媒集團·山西人民出版社
地　　址　太原市建設南路21號
郵　　編　030012
發行營銷　0351-4922220　4955996　4956039　4922127(傳真)
天猫官網　https://sxrmcbs.tmall.com　電話　0351-4922159
E-mail　sxskcb@163.com　發行部
　　　　sxskcb@126.com　總編室
網　　址　www.sxskcb.com

經 銷 者　山西出版傳媒集團·山西人民出版社
承 印 廠　山西出版傳媒集團·山西新華印業有限公司

開　　本　700mm×970mm　1/16
印　　張　11.75
字　　數　84千字
版　　次　2014年12月　第1版
印　　次　2024年2月　第二次印刷
書　　號　ISBN 978-7-203-08756-4
定　　價　59.00圓

《近代名家散佚學術著作叢刊》編委會

出版説明

近代名家散佚學術著作叢刊選取一九四九年以後未再刊行之近代名家學術著作共一百二十册，編例如次：

一、本叢書遴選之著作在相關學術領域具有一定的代表性，在學術研究方向、方法上獨具特色。

二、爲避免重新排印時出錯，本叢書原本原貌影印出版。影印之底本皆經專家組審定，原書字體大小，排版格式均未做大的改變，原書之序言、附注皆予保留。

三、本叢書分爲八大類，以作者生卒年編次。

四、爲使叢書體例一致，本叢書前言後記均采用繁體字排版。

五、個别頁碼較少的版本，爲方便裝幀和閲讀，進行了合訂。

六、少數學術著作原書内容有個别破損之處，編者以不改變版本内容爲前提，部分進行修補，難以修復之處保留缺損原狀。

七、原版書中個别錯訛之處，皆照原樣影印，未做修改。

八、所選版本之抽印本頁碼標注，起始至所終頁碼均照原樣影印，未重新編排標注新頁碼。

由於叢書規模較大，不足之處，殷切期待方家指正。

總序／

披沙瀝金，以爲鏡鑒

◇許嘉璐

多年來有一個問題始終在我腦中盤桓：爲什麽在十九世紀末到二十世紀初，在短短的幾十年裏，中國的各個學術領域竟涌現了那麽多大師級的人物？這是中國近代史上一個極爲重要的現象，我認爲，如果不能給出令人滿意的答案，我們撰寫的近代學術史將是不完整的，甚至是缺乏靈魂的。後來我知道，著名人類學家克羅伯曾提出過一個問題：爲什麽天才成群地來？看來這種現象的出現並非中國所獨有，思考其所以然的也大有人在。而在那一次世紀之交中國的情况，似乎應驗了「天才成群地來」這個令克氏久久不解的疑問。錢學森先生曾從相反的方向提出了相同的疑問：爲什麽我們這個時代出現不了杰出人才？後來人們稱這個問題爲「錢學森之謎」。

要回答這些疑問不是件容易的事。與其迅速地囫圇地探尋，不如先多了解那些讓中國近代學術（應該包括人文科學和自然科學）史上閃耀着光輝的大師們的作品和自述，從而在腦海里盡量「復原」他們所處的環境和在那種環境下的心理路徑，從中或許可以得到一些啓示。

有一點是顯然的，這就是他們雖然都已遠離塵世而去，但是他們獨立思考的品性、求知治學的真誠、困厄窮愁中對節操的堅守，恐怕是他們共同的主觀因素，一直影響到現在，而且將會永遠留存下去。

就思想界、學術界而言，二十世紀上半葉是一個新説和舊説碰撞，中學和西學融匯的大時代。那時的學人極爲重視言行操守，同時具備現代知識分子的理想信念；他們的學術研究十分純净，絶少功利因素；他們的視界開闊，以包容的心態和嚴謹的風格造就了成果的大氣與厚重。至於在客觀因素一面，他們實際是在用工業化時代的事實解説着太史公所説的名山之作「大抵聖賢發憤之所爲作」，困厄苦難使得他們「皆意有所鬱結」。這種鬱結，幾乎和個人的名利毫無牽涉，他們永遠不能釋懷的，是民族的存亡、國運的興衰、民衆的福禍和文脈的續斷。

那個時代也是近代歷史上最大規模的中西古今學術調適、創新的時期，學術方法上的交互滲透和融合、創新亦可謂「於斯爲盛」。斯時之學人是要在封閉的屋墻上鑿出窗子的勇士，是使人能够看看外部世界的第一批導夫先路者；或者可以説，他們是在「意有所鬱結」時「彷徨」和「吶喊」的「狂人」。

相對於那時的哲人們，後來者是幸運兒。現在的形勢是，近三十年來學界空前繁榮，衆多學科有了長足之進，其中很重要的一點是學界有了更新穎、更廣闊的國際視野，似乎接續上了百年前的學壇盛事。但細想想，「古」與「今」還是有差别的。其异，主要不在於世界情勢、學術進展、工具改善這些客觀存在，而在於在廣泛吸收各國優長的同時，自身文化的主體性越來越受到重視，換言之，「拿來主義」已經延長了「拿來」的程序，加上了試用、甄别、篩選、吸收、融合、成長。就我孤陋所見，在當今地球上，面向所有異質文明，努力汲取我之所缺，其範圍之大和心態之切，似乎無出中國之右者。從這個角度説，我們已經超越了前輩。但是事情還有另外一面，學術，特别是人文學科，其職業化、「沙龍化」和功利性，以及隨之而來的浮躁病却嚴重了。從這個角度説，是不是我們已經後退得够可以的了？而這是不是我們這個時代出不了大師的原因之一呢？

民國學術界的特點之一是極爲注重對傳統的反省、批判與繼承。他們對傳統文化盡最大的努力進行整理和研究。一方面，由於戰亂頻仍，民不聊生，學者們擔起了讓中華文化薪火相傳的歷史責任；另一方面，他們要通過對中國傳統文化的整理、挖掘來重振民族自信心。這一時期對傳統文化進行整理的全面而深入是前所未有的，舉凡文字學、語言學、經濟學、法學、哲學、政治制度、書法繪畫、金石學……規模之宏大，研究之精微，令人嘆爲觀止。

民國學術推動了現代學科體系的建立。在對傳統文化整理和研究的基礎上，吸收西方的文化思想和理念，推動和建立了中國現代學科體系。例如，在對語言文字和音韵學成果進行整理、研究的基礎上開始着手規範之，建立了國語學；深入研究書法、國畫，將其融入了現代美術學科；在廢除舊有學制後逐步建立起小、中、大學較完整的科目和學科體系。

民國學術也改變了傳統學術方式，建立了新的研究範式。以現代科學考古爲發端，科研的實踐和成果使中國知識界真正認識到在實驗、比較基礎上的邏輯分析對學術研究的重要，推進了中國學術的一大演變。至於我們常説的打破士大夫傳統、走出書齋到田野鄉村和市民中進行調查研究、結束了經學時代、以歷史眼光檢視儒學和諸子等等，都是確立新學術範式的努力。這一轉變，也標誌着中國學術界脱胎换骨，全面進入了現代，爲此後的學術發展奠定了堅實的基礎。當然，西方啓蒙運動以來，在「現代性」和「現代化」裏潛伏着的缺陷和謬誤也傳到了中國，這些不能不在前哲的著作裏留下痕迹。這並不奇怪。類似的情况，古往今來孰能免之？猶如今天的我們，誰敢自稱我之所見就是永恒的真理？在這個問題上兩個時代所異者，或許就在昔時大家創立新説或譯註西學著作，往往是懷着對學術和前哲的敬畏而爲之，故而常常誤不在我；當今則往往出於對學問和他人的輕蔑，或以所研究的對象爲謀己的工具，因而難辭主觀之咎吧。翻閲他們的心血之作，這些復雜的狀況可以顯見，可以視之爲我們的一面鏡子。

滄海桑田，世事變幻，歷史的動盪和時代的遮蔽，使當年許多大師的一些極有價值的學術著作被棄於故紙堆中，不能不令人有遺珠之憾。爲此，山西人民出版社不惜以數年之艱辛，披沙瀝金，編輯出版這套近代名家散佚學術著作叢刊，凡一百二十册，計文學、史學、政治與法律、美學與文藝理論、民族風俗、宗教與哲學、經濟、語言文獻共八大類别。所選皆爲作者之純學術著作，無論是其見解、精神，抑或是其時代烙印，都是後輩學人可資借鑒的寶貴財富。他們出版這套叢書，意在讓世人不忘來程，知篳路藍縷之不易，爲民族文化的傳承再增薪木。

出版社的初衷，與我近年來所思所慮近似，故願略述淺見於書端，以與策劃者、編輯者和讀者共勉。

二〇一四年七月六日

改定於自安東回京途中

前言／猛回頭，那支支紅燭

——二十三種民國文學研究著作概覽

◇梁歸智

「視爾夢夢，天胡此醉？於時處處，人亦有言！」

此聯乃北京宣南（宣武門外舊城區）北半截胡同四十一號中「莽蒼蒼齋」楹聯。齋主何人乎？即戊戌變法失敗而捐軀之「六君子」中翹楚譚嗣同字復生號壯飛者也。慈禧太后發動政變，逮捕維新黨人，友人勸譚嗣同逃避，他堅辭曰：「外國變法未有不流血者，中國變法流血請自嗣同始。」乃於一八九八年九月二十四日被捕，繼而遇害於菜市口。臨刑前仍大呼曰：「有心殺賊，無力回天；死得其所，快哉！快哉！」

自此而後，果然爲變法——改變社會制度而流血不止，一九一一年十月十日辛亥革命成功，中國歷史上最後一個封建王朝被推翻，一九一二年一月一日中華民國成立。然餘波未息，新瀾迭起，袁世凱竊國，張勛復辟，北洋軍閥混戰，國民黨軍北伐，中國共産黨成立，國共爭鋒，時而合作，時而破裂，日本入侵，八年抗戰，勝利後繼以三年內戰，終於以一九四九年十月一日建立中華人民共和國而告一大段落。

從一九一二年一月一日到一九四九年十月一日，凡三十八年，此即「民國」時段也。

三十八年過去，彈指一揮間。戰焰紛飛，生靈涂炭，歷史真是「相斫書」！而文明的燭火，點點簇簇，飄曳閃爍於如磐夜氣之中，雖遭暴風，遇疾雨，而終不熄不滅。其中最具象徵性的事件，乃一八九七年二月二十一日在上海成立之商務印書館，於一九三二年一月二十九日遭日本侵略軍針對性轟炸，占全國出版量百分之五十二的出版巨頭損失一千六百三十萬元，百分之八十以上資産被毁，其所屬東方圖書館同時被炸，四十五萬册圖書化作劫灰，其中有無數古籍善本、孤本！日軍侵滬司令鹽澤幸一狂吠：「炸毁閘北幾條街，一年半就可恢復，只有把商務印書館、東方圖書館這個中國最重要的文化機關焚毁了，牠則永遠不能恢復。」而劫難後的商務印書館，懸掛出「爲國難而犧牲，爲文化而奮鬥！」的巨幅標語，經半年即宣告復業，實現了「日出一書」的奇迹。

由於歷史演變的吊詭，民國時期的出版物，在一九四九年以後的中國大陸，大多數遭遇了被遺忘的命運，沉埋於少數圖書館的塵封角落。斗轉星移，時來運轉，二十一世紀進入了第二個十年，山西人民出版社推出這套叢書，遴選民國出版的若干學術精品，分學科編纂，蔚爲盛事大觀。此分卷是對中國文學（主要是古典文學）的研究，共二十三種。下面對這二十三種書籍作一個概覽性的介紹。

先看這些書的作者。生年不明者毋論外，出生最早的當屬韓柳文研究法的撰者林紓，他誕生於一八五二年（清文宗咸豐二年），卒於一九二四年（民國十三年——一九一二年爲中華民國元年）。出生最晚的是陶淵明批評的作者蕭望卿，誕生於一九一七年（民國六年）。這二十位作者中，一些是後來成爲大家的著名人物，林紓之外，有大學者徐珂、章太炎、陳寅恪、吕思勉、陸侃如、周貽白、趙景深，著名作家蕭乾等。此外的作者，則屬於有一定學術建樹或僅留下少量著述的文化人。

從作品看，這二十三種著作有某一種文學或某個人作品的分論，如詩經之女性的研究、曹子建詩的研究，也有某一長時段的文學史或文藝理論性質的概説，如清代詞學概論、中國戲劇小史。其中陸侃如三種，趙景深兩種；而陳寅恪和蕭望卿的兩種著作研究對象相同而又篇幅短小，合爲一册；陸侃如有兩種合爲一册。故，這裏一共有二十位作者的二十三種著述，却是二十一册文本。

分册介紹述評，是按照著作内容所關涉之中國文學史發展綫索的先後爲序？還是以研究者的情况或者書册的寫作出版先後爲序？却是一個頗讓人躊躇的問題。因爲近四十年的民國，正是中國社會從傳統向近現代激烈轉型的時段，不僅作者的思想認識，書册的觀點立場，而且連書寫的語言文風，都存在鮮明的古今遞嬗演變的痕迹。經考量，决定采取折衷的立場，即基本上按照文學史發展的脉絡綫索，先概説性著作，後專題性研究，同時顧及其他因素，將徐珂、林紓、章太炎的三種以文言文表述的著述放在最後予以推介月旦，也算是對横跨清王朝與民國兩代之文化先驅者的致敬。

中國文學小史，作者趙景深，生於一九〇二年，卒於一九八五年，主要以元雜劇、宋元南戲和古典小説的輯佚考證而名世，代表性著作爲曲論初探、宋元戲曲本事、宋元南戲考略、中國小説叢考等。這本中國文學小史是他二十多歲時的作品，上海的大光書局出版，後再版重印，達二十次之多。他於一九三六年寫「十九版序」，這樣説道：「十年前，我跟隨着新文學浪漫運動的巨潮向前推動，當時我充滿了熱情和詩趣，喜歡説一點帶有情感的話，喜歡像做詩一樣的寫文章。……也許讀者們這樣的愛讀這本小書，使牠達到十九版，清華大學入學考試且曾指定此書爲唯一的參考書，大約都是爲了牠使人讀起來不至於十分頭痛吧？」

以西方的學科意識而撰述「中國文學史」，二十世紀以始，共有數百本。第一本中國文學史爲何人所寫？或曰英國人，或曰日本人，或曰俄國人。中國人自己最早撰寫的中國文學史，一般認爲乃林傳甲一九〇四年撰中國文學史，黄人（黄摩西）亦於同年撰同名之書。林著是在當年之京師大學堂即後來之北京大學撰成，黄著是在當年之東吴大學即後來之蘇州大學撰成，歷史演變的軌迹斑斑俱在。趙景深的這本「小史」，名副其實，牠篇幅很小，如作者自表，「我只是寫一本中國文學的常識；或者，我是在説一個故事」。其特色不在學術含量的全備高深，而在簡略概約，蜻蜓點水，却時見談言微中；同時文風清麗活潑，很適於普及。

中國文學小史凡三十五節，第一節「緒論」，第二節「詩經」，第三節「屈原宋玉」，第三十四節「清代的詩文」，第三十五節「最近的中國文學」。從詩經、楚辭始，司馬相如和司馬遷，曹氏父子，陶淵明與謝靈運，唐詩，宋詞，元曲，明清的小說，傳奇和詩文，面面俱到，而最後一節，更有聞一多、汪静之等的詩歌，郁達夫、魯迅等的小説，田漢、丁西林等的戲劇，周作人、朱自清等的散文等。

比起今日的文學史經典著作，此書自然不可能在材料的全備準確和學理的系統精深方面爭勝，但其特色也頗堪注目，即那時還没有後來的一些教條框架，因而一些説法能讓人眼前一亮，細想也頗堪玩味。如論到李白和杜甫的同異，這樣對比：

李白：南方化、仙品、出世、浪漫、受道家影響、才、情、樂自然；

杜甫：北方化、聖品、入世、寫實、本儒教見地、學、性、泣時事。

與後來的經典化定位大同小異，而更加言簡意賅，同時還有一些生動的表述，如這樣談論李白：「我們也曾想像到一個眸子炯然，腰束玉帶，身穿宫錦袍，在采石磯邊狂歌於船頭的詩人麽？這便是天才豪放的李白。」後面對李杜的「優劣」也一語到位：「李白是樂天的，杜甫是悲觀的。」「他們兩人作風如此不同，當然我們不能分出優劣來。」比起一九四九年以後幾部文學史的某些教條化論述，以及郭沫若的李白與杜甫之立場偏頗，民國時期學人的思想自由客觀公允躍然紙上。

詩經之女性的研究，謝晉青著。此書曾作爲商務印書館「國學小叢書」、「萬有文庫」而數次出版重印。謝氏生於一八九三年，卒於一九二三年，乃日本留學生、南社社員，另有譯著西洋倫理學史（原作者日本人三浦藤作）。詩經之女性的研究共十節，其實就是對十五國風裏的女性題材特別是愛情婚戀詩歌的思想與藝術分析評價。其「緒論」説：「我這次是想在詩經中，發掘古代婦女問題的，並不是做考據底工作，在意義方面，我們總以詩底本義爲歸宿，那些不可靠的誤解，我們一概不取。在藝術方面，我們總以普遍而真摯的平民主義爲歸宿，那些不自然的附會穿鑿，我們也一概排斥。」「結論」則總結説：「詩經底十五國風，原來存詩一百六十篇，其中經我認爲有關婦女問題的，共計八十五篇。這八十五（篇）詩，若再依性質來區別，那就是：最多的爲戀愛問題詩，其次即爲描寫女性美和女性生活之詩，再其次就是婚姻問題和失戀問題底作品了。爲什麼戀愛問題底作品，占最大的數目呢？這就因爲兩性問題，是在人類生活上，占最重要的地位底證據。」

此書的許多具體分析賞鑒相當細緻，頗能體現民國以來西方推崇女性張揚人性思潮對古典文學研究的影響，一九四九年以後中國文學史中的相關評述，傾向立場，實承其緒。

有關楚辭的著作，共選有兩種：陸侃如屈原與宋玉、何天行楚辭作於漢代考。

陸侃如，生於一九〇三年，卒於一九七八年，是二十世紀五六十年代中國著名古典文學專家，他與夫人馮沅君合著之中國詩史是開創性的著作。此外撰有樂府古辭考、陸侃如古典文學論文集、中國文學史簡編、中國古典文學簡史，及與高亨合著楚辭選，與牟世金合著文心雕龍選譯、劉勰論創作、劉勰與文心雕龍等。屈原與宋玉是在他的處女作屈原、宋玉基礎上整合而成，却也算得上這一研究領域初具規模的「集大成」之作。書共六節：一、引論；二、屈原的生平；三、屈原的作品；四、宋玉的生平；五、宋玉的作品；六、餘論。最後列「參考書目」，自王逸楚辭章句、洪興祖楚辭補注、朱熹楚辭集注以下凡四十種。可以說，後來關於楚辭研究的許多重要問題都已經有所體現或涉及，算得上是此領域近現代研究的一冊早期代表性著作。

楚辭作於漢代考的作者何天行生於一九一三年，卒於一九八六年，對浙江遠古文化——良渚文化的發掘考證有重要貢獻，出版有杭縣良渚鎮之石器與黑陶，是著名的考古學著作。楚辭作於漢代考受當時顧頡剛疑古學派的影響，論證楚辭各篇皆作於漢代，離騷的作者是淮南王劉安。這種觀點是楚辭研究中的一家之言，後來朱東潤也持相近觀點。楚辭作於漢代考的寫作曾受到蔡元培的鼓勵，完成於抗日戰爭發生前夕，作爲一種歷史痕迹，於楚辭學的演變具有參考價值。

漢代詞賦之發達，商務印書館一九三五年出版，其作者金秬香，生平待考，他另有駢文概論一書，爲商務「萬有文庫」第一集中叢書，則金氏乃當時知名文化人無疑。漢代詞賦之發達共十章，對漢賦作了比較全面的考察研究，其第一章「辭字之解釋」辨析「辭」與「詞」字義語源的來龍去脈，認爲「楚辭漢賦」中「辭」應作「詞」，故全書行文，皆稱「詞賦」。其後各章，對「賦字之定義」、「詞賦之源流」、「詞賦之作用」、「詞賦之分析」、「漢代詞賦之所由盛」、「漢代詞賦之所由衰」、「漢代詞賦發達之原因」、「漢代詞賦之種類」、「漢代詞賦之變遷」分別討論，漢代重要詞賦作家作品多已涉及，全書行文爲淺近文言。由於詞句多古僻，深入研討漢賦者歷來不多，此書可視爲漢賦研究的早期圭臬。

陸侃如樂府古辭考，完成於一九二五年，商務印書館一九三〇年出版，堪稱是對漢樂府研究的開山之作。共八章，依次爲：一、引言；二、郊廟歌；三、燕郊歌；四、舞曲；五、鼓吹曲；六、橫吹曲；七、相和歌；八、清商曲。序例有云：「樂府是中國文學史上很重要的材料。但是研究起來，較詩經楚辭爲難，因爲没有適當的參考書。……近來研究詩經楚辭的人很多，但很少有人研究樂府的。這本小册子的問世，便是希望能引起讀者對於樂府的興趣，大家來作湛深的研究，使樂府的真價值不致永久的湮没。」雖是「小册子」，而能於漢樂府爬梳史料，清理源流，辨析考鑒，確有開闢之功，後來的研究者，實受其惠。

此册還另有陸侃如的一篇論文左思練都考，北京大學出版部一九四八年出版，乃對西晉詩人左思撰寫三都賦構思十年的傳統説法提出异議，認爲「事實上三都賦的構思恐怕超過二十年」，引證古籍，分析辯駁，是一篇專門的考證文章。

原廣州師範學院院長陳一百，生於一九〇九年，卒於一九九三年，是一位教育家。其所著曹子建詩研究於一九四〇年由上海三通書局出版，一九七一年香港大地出版社再版。書分上下篇，上篇包括曹植傳略、曹子建集的傳本考略、曹植詩歌的情感、後世諸家對曹植的評論；下篇兩部分，分别是曹植詩選讀和曹植樂府選讀，文末附有清代學者丁晏的魏陳思王年譜。此書也算對曹植其人其詩的一種早期研究的痕迹，可供後來者借鑒參考。

陶淵明之思想與清談之關係、陶淵明批評二書篇幅不大，故合爲一册。前者爲陳寅恪的一篇論文，燕京大學哈佛燕京社一九四五年出版；後者爲蕭望卿著，開明書店一九四七年出版。陳寅恪生於一八九〇年，卒於一九六九年，是名震遐邇的文史大師，毋庸多介。蕭望卿生於一九一七年，卒於二〇〇六年，曾先後於西南聯大和清華大學深造，並與聞一多、朱自清、沈從文等大家交往密切，一九四九年後任教於河北師範學院中文系，述而不作，僅有此陶淵明批評傳世。

陶淵明之思想與清談之關係不愧名家名作，條理清明，言簡義豐，實爲後世研陶之先驅。文章首先追溯從漢末、魏到晉的「清談」之風，「然則當時諸人名教與自然主張之互異即是自身政治立場之不同，乃實際問題，非止玄想而已」。「略述淵明之前魏晉以來清談發展演變之歷程既竟，兹方論淵明之思想，蓋必如是，乃可認識其特殊之見解，與思想史上之地位也。」再討論陶淵明與佛教徒慧遠等頗有交往，而其思想不染佛風，乃因爲「蓋其平生保持陶氏世傳之天師道信仰，雖服膺儒術，而不歸命釋迦也」。同時，陶淵明「自以曾祖晉世宰輔，耻復屈身異代」，他的「自然」思想，「與當日實際政治有關，不僅是抽象玄理無疑也」。

最後論定陶淵明作爲思想家的崇高地位：「淵明之思想爲承襲魏晉清談演變之結果及依據其家世信仰道教之自然説而創改之新自然説。……不似舊自然説之養此有形之生命，或別學神仙，惟求融合精神於運化之中，即與大自然爲一體。……故淵明之爲人實外儒而内道，捨釋迦而宗天師者也。推其造詣所極，殆與千年後之道教採取禪宗學説以改進其教義者，頗有近似之處。然則就其舊義革新，『孤明先發』而論，實爲吾國中古時代之大思想家，豈僅文學品節居古今之第一流，爲世所共知者而已哉！」

陶淵明批評共三章：陶淵明歷史的影像、陶淵明四言詩歌論、陶淵明五言詩的藝術。這本書是文學史角度的陶淵明專論，與陳寅恪的思想論合而觀之，可謂陶淵明的「全影」，一九四九年後陶淵明研究的輪廓理路，其實皆在其籠罩之下。

此書前有朱自清的序，言短義豐，對陶淵明批評的價值貢獻，可謂已經説盡。陶淵明「詩最少，可是各家議論最紛紜。考證方面且不提，只説批評一面，歷代的意見也够歧異够有趣的。本書『歷史的影像』一章頗能扼要的指出這種演變。在這紛紜的議論之下，要自出心裁獨創一見是很難的。但這是一個重新估定價值的時代，對於一切傳統，我們要重新加以分析和綜合，用這時代的語言，重新表現出來。本書批評陶詩，用的正是現代的語言，一鱗一爪的，雖然不是全豹，表現着陶詩給予現代的我們的影像。這就與從前人不同了。」「本書一二三章專論陶詩的作風和藝術，不厭其詳。從前人論陶詩，以爲『質直』『平淡』，就不從這方面鑽研進去。但『質直』『平淡』，也有個所以然，不該含胡了事。本書詳人所略，便是這方面的努力。」「陶淵明的創獲是在五言詩。本書說『到他手裏，才是更廣泛的將日常生活詩化』，又說他『用比較接近說話的語言』，是很得要領的。」「歷來評論者推崇他的五言詩，因而也推崇他的四言詩，那是有所蔽的偏見。本書論四言詩一章，大膽的打破了這個偏見，分別詳盡的評價各篇的詩。」

陶淵明之思想與清談之關係用文言行文，簡潔清雅；陶淵明批評則是生動活潑的白話文，沒有一九四九年後的八股教條氣味。今天的人閱讀起來，也感到很親切的。

唐代文學史，陳子展著。陳氏生於一八九八年，卒於一九九〇年，一九三三年起一直任教於復旦大學，以詩經直解、楚辭直解名世。唐代文學史於一九四四年由作家書屋（姚蓬子在上海開的書店）出版，一九四七年重印，共八章，分別是：一、說到唐代文學；二、初唐詩人；三、盛唐詩人；四、中唐詩人；五、晚唐詩人；六、古文運動；七、唐人小說；八、晚唐五代詞人。對整個唐代文學，作了梳理概述，篇幅不長，內容全面，可以視爲後來中國文學史唐代文學部分的早期代表作。其中的說法，今天看來自然不新鮮，放在當年的時代背景下，則頗可稱道。如論李白與杜甫的優劣：

> 可見一個肯自命爲狂者，一個不諱言爲腐儒。一個抱超世主義，源於道家思想；一個抱淑世主義，源於儒家思想。一個幻想超昇仙境，一個不忍離開君國。總之，他們的作品都是他們自己生命純真的表白。
>
> 大抵李杜於詩的手法上，一個側重自然，一個側重雕飾。風格上一個豪放飄逸，一個沈（即「沉」）鬱頓挫。各有各的價值，各有各的生命。

商務印書館「國學小叢書」有顧彭年杜甫詩裏的非戰思想，一九二八年出版，一九三三年重印，據作者序言，書完稿於一九二五年。商務印書館「萬有文庫」中又有顧氏現代歐美市制大綱一書，一九三〇年出版。此外知道他從事過新體詩的翻譯與創作，其餘生卒年和生平等則概不清楚。杜甫詩裏的非戰思想共五章加一個附録：一、緒言；二、杜甫傳；三、杜甫的時代；四、杜甫以前及他同時代的反對戰爭的思想與作品；五、杜甫詩的非戰思想；附録：杜甫時代重要之戰爭與叛亂年表。

杜甫爲「詩聖」，杜詩乃「詩史」，歷來研究繁夥。此書以「非戰思想」爲中心主題，表現出明顯的時代印記。如作者自序中所云：「迨江浙戰爭發生後，作者對於戰爭的惡魔的面龐益認識清楚，這位大詩人的非戰作品，也就愈加湧現在我的腦際了，但因戰爭的驚擾，屢次遷徙，心如蝴蝶，如浮萍，飄蕩無定，不克專心於此，直到逼近年節，始把牠修改好，字數已比初稿增加了一倍以上。」今日之杜甫研究成果已經汗牛充棟，而此册小書，仍於讀者開卷有益，在於戰爭之兇惡痛苦，人類仍未能完全消弭避免。而此書感同身受的寫法，就不僅是一本研究著作的影響了。其緒言末段的感慨最能傳達不以時代變遷而更改的情愫：「我們所處的時代與杜甫的時代有不少的地方相類似；環境的艱險比他的有過之無不及；我們的兄弟，所流的血泪，所受的凌辱與壓迫與騷擾，比他的時代的人更甚；但當今能代表時代的作品有幾？能真切的表現自己所處的環境的佳制有幾？具有完整，聖潔，毅勇，偉大的人格而爲民衆呼吁的詩人安在？」

唐人詩中所見當時婦女生活，作家書屋一九四七年出版。作者劉開榮，一九三五年考入金陵女子文理學院中文系，一九四一年畢業，一九四三年完成此書。劉開榮後來又去燕京大學歷史系深造，在陳寅恪指導下完成唐代小説研究，一九四七年商務印書館出版，一九五〇年再版，一九五三年三版，臺灣亦曾三次重版。

唐人詩中所見當時婦女生活書前除作者自序外，尚有華西大學華西週刊主編陳國樺序、陳中凡序及華西大學英文系外教費爾樸序。陳國樺序末署「（民國）三十二年二月十二日序於華西大學」；陳中凡序末署「民國三十二年一月二十五日」、「成都華西壩廣益學舍」，費爾樸序末署「一九四三年春」、「於四川成都」，而劉開榮自序末署「（民國）三十二年一月二十二日於華西壩」，是則其時劉開榮與陳中凡俱任教於華西大學。書之正文共九章：一、引論；二、勞動婦女（上）；三、勞動婦女（下）；四、民間一般婦女的日常生活；五、民間一般婦女的精神生活；六、妓女生活；七、宮庭婦女及貴族婦女生活；八、女冠子生活；九、結論。

陳國樺序有云：「處在中國抗建（即抗戰與建設——引者）的現階段，如欲建設新中國，必須動員二萬萬多女同胞的力量，共同參與偉大的建設工作。著者劉開榮君寫成此書，實無异提出婦女解放的問題，請大家重新加以嚴肅的考慮，因爲唐代的婦女生活，又何異於現代的婦女生活呢？」

陳中凡序則說：「我以爲此文可以作爲唐代婦女史看。因爲我國古代史家專紀帝王名臣的史績，至今中國史書有帝王家譜之譏。社會上廣大群衆反被擯於史書領域以外，真是憾事。今讀此文，方知道史家所忽略的東西，詩人乃一唱三歎，反復申詠。只要後人加以探討，就可以把當日被壓迫的一般婦女實際情形，畢露無遺。」

費爾樸序（英文，劉開榮譯成漢語）贊美：「本書作者劉開榮女士，本人會詩，也善爲富有詩意的散文，可以説是給近代的文學寶庫添上了一幅生動的圖畫——一幅女人的美麗的夢景。『唐代的光榮』不但包括有金漆的畫棟和迴廊，光彩奪目的瓷器，以及吴道子的山水名畫，并且有琳琅滿目的辭林文苑，裏面活躍地呈現着宫庭裏莊嚴的婦女，也舞動着詩人們生花的筆尖。」

劉開榮的自序中則如是説：「本書的目的，不是要研究某一人某一事，而是要像一個攝影專家，把唐人詩中所反映的當時婦女生活的斷片，一一剪下來，拚在一起，使人一看便可得到一個個鳥瞰。所以凡能對當時的婦女生活，給一綫光明或一絲暗示的詩料，作者都不肯割捨。尤其關於佔有人精神生活一大部份的兩性間的言情談愛的記載，作者更要把它赤裸裸地呈現在讀者的面前，讓讀者進到他們的精神世界裏面去，不再襲用以往的成見，把君臣的關係拉扯上去，加以牽强附會的解釋了。」

可見這册書，無論作者與評者，都更注重其對「新婦女觀」的弘揚，而於唐代文學研究的價值反而在其次。劉開榮身爲女性，於有關女性的詩作更容易心有戚戚焉。這自然也受當日西學日漸張揚女權等社會情境、時代風氣和思潮的影響。今日的讀者，則更注重其學術層面的價值。如陳汝潔説：「有人説劉開榮的這本書實踐了陳寅恪先生的『以詩證史』的思想，我仔細讀了之後，覺得劉著與陳寅恪先生的元白詩箋證稿相比，還是差别較大的。陳著箋釋元白詩，往往證之以史籍，能使人明了詩中所寫何者爲史實何者爲虚構。在陳來説，『以詩證史』又何嘗不是『以史證詩』。而通過『以史證詩』所揭示出的元白詩中的今典，對讀者理解元白詩具有重要作用。以注釋來説，能注出今典比注明古典難度要大。寅恪先生在元白詩箋證稿中揭示了大量今典，因難能而可貴。而劉著在全書中很少涉及當時的史籍，所以讀後讓人覺得是她從全唐詩中分類披檢關乎婦女詩作，費了不少工夫而欠了一點功力，無法望陳著項背。但劉著是一部有趣的書，她把唐詩中關於婦女的詩作檢索、排比出來，讓人知道唐詩中的這一類。倘若她能够進一步讓讀者知道詩中所寫的這些婦女生活，哪些合於唐代史實哪些是詩人虚構，那該多好！不過，從書名來看，她大約認定唐代詩歌中所寫即是當時社會中所有，真的嗎？我認爲這需要證明。」

清代婦女文學史，一九二七年二月中華書局初版，一九三二年十二月再版，共十七萬五千字。作者梁乙真，河北獲鹿人，生於一九〇〇年，一九二五年後就讀於上海南方大學，卒年及生平不詳。除清代婦女文學史外，尚著有中國文學史話、中國民族文學史、中國婦女文學史和元明散曲小史。

清代婦女文學史共列舉了漢、滿閨閣名媛、娼門、女冠、難女、乞丐女性作者三百餘人。內容目録爲：第一編明清兩朝婦女之極盛時期；第二編清代婦女文學之極盛時期（上）；第三編清代婦女文學之極盛時期（下）；第四編清代婦女文學之衰落時期；第五編清代婦女文學雜述。

書前有王蘊章序、王燦芝序和自序，書末附録清代婦女著作家表及人名索引。此書受謝無量中國婦女文學史啓發和影響，但後來居上。王蘊章和王燦芝都給予較高評價。當代女性文學研究者也頗加青目，評論其重視女性張揚女權的思想意義高於文學史意義。所謂二十世紀三部女性文學史梁乙真居其二。

宋代文學，呂思勉著。呂氏生於一八八四年，卒於一九五七年，是著名歷史學家，其中國通史、秦漢史、讀史札記等都是史學名著。這册宋代文學一九二九年由商務印書館出版，共六章，分別是：一、概説；二、宋代之古文；三、宋代之駢文；四、宋代之詩；五、宋代之詞曲；六、宋代之小説。

此書行文用淺近文言，梳理宋代各體文學的代表作家、演變發展脈絡相當全面，可視爲宋代文學史的早期代表作。其觀點議論，具有二十世紀早期的清明樸實，非如後來受各種所謂「範式」拘限者。如論三蘇之文：蘇洵「筆力堅勁，自以老泉爲最。然老泉好縱横家言，恒以權譎自喜，而其言實不可用。故其議論，多有不中理者」。蘇軾「則見解較老泉爲高。雖亦不脱縱横之習，然絶去作用處，時或近於道家。非如老泉一味以權術自矜也。尤妙在能以明顯之筆達之。晚年文字，則心手相忘，獨立千載」。蘇轍「氣象不如其父兄之雄奇；才思横溢，亦非乃兄之敵。然議論在三家中最爲平正，文亦較有夷然澹蕩之致，則亦非父兄所能也」。宋代文學專設駢文一章，也是後來的文學史一般所忽略的。

中國詞史大綱，胡雲翼著。胡氏生於一九〇六年，卒於一九六五年，曾於中學、大學任教，後爲上海中華書局、商務印書館編輯，於唐宋詩詞研究深湛，有宋詞研究、宋詩研究、宋詞選、唐詩研究等著作行世，影響頗大。中國詞史大綱，北新書局（創立於北京，後遷上海）一九三五年出版。此書分兩編，第一編爲「唐五代詞」，共九章，第二編爲「北宋詞」，共十四章，共録詞人凡五十七家。

此書爲近代意義上對詞這一形式溯波追源之較早學術著作，也可以説是研究宋詞的早期經典。其論詞與詩之區别云：「長短句的歌詞在文人的社會裏確立以後，牠的發展漸漸地把不甚協樂的律絶詩壓倒了。我們看樂曲裏面的長命女、烏夜啼、漁夫詞、長相思、江南春、步虚詞、鳳歸雲、離别難、金縷曲、水調歌、白苧等調，最初都是用五七言絶句歌詞，後來都改用長短句的歌詞了。中唐詩人還有寫律絶詩給樂工伶妓們去唱，到晚唐竟失掉歌詩之法，只有長短句的歌詞了。這不顯明的是：長短句的歌詞藉着在音樂上的便利，把整整的歌詩打倒了嗎？」詞的興盛在音樂這一歷史的核心問題，如此明白曉暢地揭示了出來。

詞的歷史分期，此後的文學史，都以中國詞史大綱的説法爲準，如北宋詞的演變：「歷史的發展，則可分爲四個時期：第一個時期是小詞的時期，以晏殊、歐陽修、晏幾道諸人爲主幹；第二個時期是慢詞的時期，以柳永、秦觀諸人爲主幹；第三個時期是詩人的詞的時期，以蘇軾、黄庭堅諸人爲主幹；第四個時期是樂府詞復興的時期，以周邦彦、李清照諸人爲主幹。」與後來的文學史相較，中國詞史大綱没有「婉約派」「局限於個人趣味」，「豪放派」「關注國家社會」「積極入世」一類意識形態評論語言，更顯學術性的單純。

趙景深著宋元戲文本事，北新書局一九三四年出版，但其完成於一九二三年六月。這是對宋元南戲研究的筆路藍縷之作，其開闢之功永耀史册。作者在自序中説：「這一本小書的目的是想把已佚的宋元戲文輯録出來，作爲研讀中國文學的一個參考；爲了恐怕專載佚文太枯燥，斷簡殘篇湊在一起也令人有丈二金剛之感，於是也附一點本事，把殘文貫串起來，使得讀者看這一本書不像是摹（即『摩』）挲古董，而像是在讀幾篇很有趣味的短篇小説。」

書共九章，輯自南九宮譜、新編南九宮詞、雍熙樂府、九宮大成南北詞宫譜，內容包括：一、王焕和王魁；二、陳巡檢梅嶺失妻；三、四種戀愛戲文；四、王祥卧冰；五、黄周兩孝子；六、江流和尚；七、僅存三五曲的元代戲文；八、僅存兩曲的元代戲文；九、僅存一曲的元代戲文。

中國戲劇小史，周貽白著。周氏生於一九〇〇年，卒於一九七七年，是著名中國戲曲史家和中國戲曲理論家，還曾經創作並演出話劇作品三十部上下。他首先提出並詳細論證中國戲曲的三大聲腔源流——崑曲、弋陽腔和梆子腔，厥功甚偉。他於一九三六年出版中國戲劇史略和中國劇場史（商務印書館），中國戲劇小史乃在前二書基礎上再加補充修訂，於一九四六年由上海的永祥印書館印出。後來又出版中國戲劇史（一九五三）、中國戲劇史講座（一九五八）、中國戲劇史長編（一九六〇），以及遺著中國戲劇發展史綱要（一九七九），都是以中國戲劇小史爲基礎的。

中國戲劇小史共八章：一、中國戲劇的形成；二、唐宋的戲劇；三、南戲與北劇；四、明代戲劇的概况；五、崑曲與亂彈；六、皮黄劇的勃興；七、文明戲與話劇；八、中國戲劇前途的展望。今天的讀者，要了解中國戲劇發展的歷史，當然有後來居上者的書可讀，但前驅者的貢獻也是不容抹殺的。中國戲劇小史的意義就在這裏。

中國小説的起源及其演變，正中書局（陳果夫一九三一年創立於南京）一九三四年出版，作者胡懷琛。胡氏生於一八八六年，卒於一九三八年，一九三二年被聘爲上海市通志館編纂。他搜集整理一批上海地方史志珍貴資料，卓有貢獻。其藏書以詩文集和課本爲特色，如三字經、百家姓、千字文、千家詩等，收集齊全，劉鶚稱其爲「三百千千」。收集外文書籍和少數民族作者的漢文詩集一千餘種，可惜其藏書在抗戰時多半被日寇炸毀。一九四〇年，其子胡道静將殘餘之書捐獻給了震旦大學。

中國小説的起源及其演變共六章：一、本書説到的範圍；二、小説的起源及小説二字在中國文學上的涵義之變遷；三、中國小説「形」的方面的演變；四、中國小説「質」的方面的演變；五、現代小説；六、研究中國小説參考的書目。第一章開宗明義：「本書所講的，只有兩件事情如下：（一）是中國小説的起源，與小説二字涵義的變遷。（二）是中國小説的演變，並現代小説的標準。」

研究小説者歷來推崇魯迅的中國小説史略和胡適的中國章回小説考證，那自然是開山的典範之作。其後錢静芳小説叢考、蔣瑞藻小説考證等也都功力深湛，卓然有成。本書算得上是一册史論相結合的小説研究著作，在中國小説研究的歷史進程中，雖然不如上述幾種著作那麽經典，却也有其歷史的價值和意義，從「可讀性」來説，則更占優勢。如此書説到中國小説的歷史變化，通俗易懂而能切中肯綮：「由古代的傳説在口上，演變成寫在紙上，這是一變。宋代的説話勃興，這是第二變。宋人的話本，由説給人家聽的，變爲直接給人家看的，這是第三變。紅樓夢、儒林外史等，只是寫的，不是説的，這是第四變。然而『説』和『寫』，仍是同時候存在的，決不是變成後者，前者就消滅了。只不過互有盛衰而已。」

此外説到的一些情況，也頗能讓我們對於歷史的演變，有一種親切的感知。如：「在民國前一二年，有周作人譯的域外小説集，是用文言譯西洋的短篇小説。不過是大失敗了。這失敗並非域外小説集自身不高明，只是和那時候的讀者程度相差太遠。第一不歡喜讀這種無頭無尾的短篇小説，第二不歡喜讀平淡無奇的故事，第三不歡喜這種比較生硬而樸質的文言。結果，這部書當時幾乎没有人知道。」

書評研究，商務印書館一九三五年出版。作者蕭乾生於一九一〇年，卒於一九九九年，是著名翻譯家、作家、富有傳奇色彩的二戰記者，畢業於燕京大學新聞系，後去英國劍橋大學任教並讀碩士學位，一九四三年領取了隨軍記者證，正式成爲大公報的駐外記者，也是二戰時期歐洲戰場的唯一中國記者，一九九五年中國作家協會授予其「抗戰勝利者作家紀念碑」榮譽。三百二十萬字的蕭乾文集包括小説、散文、特寫、回憶録等，譯作莎士比亞戲劇故事集、好兵帥克以及與夫人文潔若合譯的尤利西斯等更是影響巨大久遠。

隨着近現代出版業的發展，書評也逐漸增多，但對這種新型的文學批評樣式作正式的研究，書評研究可以説是拓荒之作。書共八章：一、序論；二、書評家；三、閲讀的藝術；四、批評的基準；五、批評的藝術；六、書評的寫作；七、書評與讀書界；八、附録。此書的核心思想是，書評是有益於社會的嚴肅工作，書評家是具有特殊身份的知識者，代表讀者的鑒定者，文化生産的監督人，而不是庸俗、獻媚的商業廣告商。如：「一切批評都必須基於清澄的理解。批評的公允實即理解深澈的反映。」「書評家寧可改業廣告，永不可用批評的地位作兜售的營生。」「對讀者他服務，却也不侍奉如奴隸。他把讀者看成智力的平等者。他並不武斷地强迫讀者接受他的意見，也不賣弄學問如一塾師。讀者的好惡是受風氣支配的，但他不追隨那風氣，他不固執，却有信仰。」無疑，即使在今天，書評研究仍然有牠的現實針對性和意義。

清代詞學概論，上海大東書局一九二六年出版。其作者徐珂生於一八六九年，卒於一九二八年，爲光緒舉人，袁世凱天津小站練兵時的幕僚，一九〇一年任上海外交報、東方雜誌編輯，後爲商務印書館編輯，其所編纂的清稗類鈔是享譽學林的文史巨著。

清代詞學概論共七章：一、總論；二、派別；三、選本；四、評語；五、詞譜；六、詞韵；七、詞話。作者雖入民國，而其傳統文化教養的底色，濃郁深厚，迥非後來人可比。故此書行文，爲優美洗練的文言，而其對清詞演變脈絡的勾勒，代表性詞人的品評，乃至資料的選録等，都有「個中人」的真知灼見，可謂言簡意賅，高屋建瓴，非後來研究者搬弄西洋「範式」敷衍成文者可及。無疑，此書可列入「學術經典」的行列，不像本選集大多數作品具「過渡轉型」之身份色彩也。

如清代詞學概論評騭「清初之詞」的代表作家，「最著者」爲朱彝尊、陳維崧，「兩人並世齊名」，而前者「情深，所作詞高秀超詣，綿密精美，其蔽爲餖飣」；後者「筆重，所作詞天才艷發，辭鋒横溢，其蔽爲粗率」；「繼之而起名重一時者，實惟納蘭容若。門第才華，直越北宋之晏小山而上之，其詞纏綿婉約，能極其致，南唐墜緒，絶而復續」。再如説清詞之派別：「有清一代之詞，有二大別：一浙派，一常州派，亦猶散體文之有桐城陽湖二派也。」這些基本的定位，都成了後來各種文學史、清詞史祖述的圭臬。再如書中説到「才人之詞」、「學人之詞」、「詞人之詞」的三分法，也直搗黄龍，揭示本質，對後世影響深遠。

韓柳文研究法著者林紓生於一八五二年，卒於一九二四年，堪稱是一位清末民初的文化奇人。他是桐城派散文的殿軍，一點不懂西洋語言文字，僅憑聽人口述，把一百八十多種西方小説翻譯成漢語，成爲向古老中國介紹西方文學的開山人。「林譯小説」，曾經是好幾代人的最愛，用文言表述的漢譯西方小説，成了中西文化交流史上一道奇异的瑰彩。

韓柳文研究法亦是文言文著作，對韓愈和柳宗元的多篇古文逐一評論，細緻深入，作者所持觀點立場，則完全是傳統的儒家思想體系和桐城派衡文的法眼，完全不見西學影響的痕迹。此亦可見所謂民國時段之文化形態，新舊雜陳，多元豐富也。

前有馬其昶（一八五五——一九三〇）短序，馬氏乃桐城派後勁，清史稿之「儒林」、「文苑」卷總纂。其序説與林紓「同客京師，一見相傾倒，別三年，再晤，陵谷遷變矣。而先生著書談文如故，一日出所謂韓柳文研究法見示」。所謂「陵谷遷變」，即指清朝滅亡而民國建立，韓柳文研究法於一九一四年由商務印書館出版，則此書或峻稿於清季。馬其昶贊美林紓「於史漢及唐宋大家文，誦之數十年，説其義，玩其辭，醰醰乎其有味也」。林紓於韓愈、柳宗元的古文沉浸涵泳，所謂「韓氏之文，不佞讀之二十有五年」，則其所得所會，自然和後來接受了西方文藝思想的研究者，無真賞而僅「分析批判」所見大爲不同。

如林紓這樣評析韓愈的文章寫作技巧：「韓氏之能，能詳人之所略，又略人之所詳。常人恒設之籬樊，學韓則障礙爲之空。常人流滑之口吻，學韓則結習爲之除。漢所謂摧陷廓清者，或在是也。」「韓文能抑絶掩蔽，不使自露。不佞久乃覺之。……不善學者，往往因蔽而晦，累掩而澀。……所難者，能於掩蔽中，有淵然之光、蒼然之色，所以成爲昌黎耳。」

再如評柳宗元：「柳州段太尉逸事狀，與昌黎張中丞傳後叙，均洋洋有生氣，亦皆良史之才也。不佞甚惜柳州不爲史官，其寫忠義慷慨處，氣壯而語醇，力偉而光斂，可稱極筆。」「若公在永州，一荒昧不辟之區，必待糞除，其勝始出。是永州之勝，均係諸公之一言。則非極力描摹，山容水態，亦不易流傳於藝苑。集中諸文皆佳，而山水之記，尤爲精絶，雖大同小异，然各有經營。韓公猶望而却步，何論其他。」

文學論略，章太炎著。章太炎生於一八六九年，卒於一九三六年，太炎是號，名炳麟，在小學（語言文字學）、歷史、哲學、政治方面都有卓越貢獻，乃近代的國學大師。我的業師姚奠中先生是章先生最後招收的研究生之一，把對文學論略的評介作爲這一個系列學術著作的「收官」，格外具有意味。

文學論略首發於一九〇五年的四川學報（未完），一九二五年上海的群衆圖書公司出版，一九二六年再版，後來又成爲國故論衡的一部分。文學論略前面有胡適的一篇序，其中的一些話很有意味：

這五十年是中國古文學的結束時期。做這個大結束的人物，很不容易得。恰好有一個章炳麟，真可算是古文學很光榮的結局了。章炳麟是清代學術史的押陣大將，但他又是一個文學家。

他是能實行不分文辭與學説的人，故他講學説理的文章都很有文學的價值。

但他究竟是一個復古的文家。他的復古主義雖能「言之成理」，究竟是一種反背時勢的運動。

總而言之，章炳麟的古文學是五十年來的第一作家，這是無可疑的。但他的成績只够替古文學做一個很光榮的下場，仍舊不能救古文學的必死之症，仍舊不能做到那「取千年朽蠹之餘，反之正則」的盛業。他的弟子也不少，但他的文章却没有傳人。

文學論略開宗明義：「何以謂之文學？以有文字，著於竹帛，故謂之文；論其法式，謂之文學。凡文理，文字，文詞，皆謂之文；而言其采色之焕發，則謂之彣（讀『文』，文采之意）」。這裏的核心思想，即文、史、哲不作絶對區分的「文學」觀念。而這一點，正是中國文化的根蒂，與西方講究分科別類的「科學」文藝學大異其趣。從表面看來，如胡適所批評，章太炎的這種文學觀是「復古主義」，「反背時勢」。胡適在序言結尾説：「章炳麟在文學上的成績與失敗，都給我們一個教訓。他的成績使我們知道文學須有學問與論理做底子，他的失敗使我們知道中國文學的改革須向前進，不可回頭去。」

以五四新文化運動爲起始標誌的「白話文」運動，正是沿着胡適的主張發展前行的，魯迅的「拿來主義」主張也主宰了整個二十世紀的中國文學和文化的走向。我們所評介的民國學術著作，絶大多數也體現了這個方向和主旨。但問題並不是單一的，歷史也是復雜的，如今我們回顧反思，在肯定胡適所説「改革必須向前，不可以回頭去」的歷史合理性一面的同時，也必須正視章太炎的文學主張，蘊含有更深層的中國傳統文化之精義奥旨，而且隨着人類文化在二十一世紀出現的困境，越來越具有啓示意義。單從對文學的認識來説，章太炎標榜的文、史、哲大會通的中國傳統文化的根本立場，也是有其文化深刻性和現實針對性的。

因此，對民國長達四十年時段的學術著作及其體現的思想方向，也不能簡單化地對待，忽視其所體現的歷史走向必然性與新價值的合理性是不對的，過分拔高推崇也有所偏頗。畢竟，那是一個「過渡」、「轉型」的時期，其多數學術文化著作也必然帶有「過渡」、「轉型」的色彩，是「進行時」和「未完成時」，距離「經典」尚有距離。從戊戌變法到辛亥革命到五四運動，一直到一九四九年，泛民國時段（包括其醖釀鋪墊時期）之中國現代化歷程從肇始而前行，歷經曲折，其激烈變化之歷史空隙中艱難産生的學術文化，有其大膽引進勇敢開拓而攝人心魄的一面，也有其嘗試而稚嫩、外來與傳統磨合不甚相契的一面。近世之社會轉型文化轉型乃大勢所趨，民國的學人們做出了艱苦的努力和卓越的貢獻，如何能在吸取世界其他文明滋育的同時，又能使中國傳統文化精粹得以恢弘發揚，再造輝煌，此正民國以來直至今日，中國知識界文化界苦苦思索探尋而歷久彌新之時代課題！

正是在這個意義上，民國的學術著作，這些體現了當日中國文化精英思考、研究、探索中國的社會與國家之現代化轉型的成果，其中的材料等或已經是舊痕陳迹，而其所思考的問題，所探索的思路，所提出的設想，以及這些著作本身的種種成就和不足，對於今天的中國現實，仍然具有攻錯借鑒的意義。他山之石，可以攻玉，何況此本非他山之石，正我山自有之石乎！

欲滅其國族，必先滅其文史。民族的歷史，特別是文化史、思想史、學術史，誠乃一國一族之精魂慧命之所在所基。當年日本侵略者之所以轟炸商務印書館與東方圖書館者，正深諳此理也。而商務印書館鳳凰涅槃浴火重生之艱苦奮鬥，亦未稍懈於斯。

民國語文，也在「轉型」途程中，這些學術著作的文風，大多是一種「尚存文言痕迹的白話文」。今天的青年讀者閱讀起來，也許會有异樣的感覺，但也可謂別具一種風味。而此二十三種著作的作者，絕大多數爲南方人，如浙江、江蘇、湖南、福建等省份，這些著作又大都在上海出版，由此亦可見民國時期文化發展的大情勢。這二十三種著作的二十位作者，當其撰寫著作之時，應該説彼此質素、學養都相差不遠，而其後之發展結局，則有的著作等身成爲大家大師，有的則後勁不足而逐漸湮滅少聞，固然各人機遇運會不同，而個人心志的堅持和努力之有無强弱，無疑是最主要的因素。對今日之學人特別是青年，不也很有啓發意義嗎？

潛入歷史的塵霾中排沙簡金，而選擇出此二十三册著作，並非筆者所爲，因而對此種簡選是否即能代表民國時期文學研究的大體大略，實亦不敢斷言，滄海遺珠或在所難免。而忝膺爲此編叢書作序的重任，惶恐之意，自不待言，管窺蠡測，亂彈胡侃，尚祈盼海內外方家不吝指教。但披閲這些先賢的著述，恰如驀然回首，向幽深的夜，重新點燃支支老紅燭。「紅燭啊！是誰制的蠟——給你軀體？是誰點的火——點着靈魂？」（聞一多《紅燭》）

點點燭光，明輝熠熠，回顧往昔，瞻望將來，道一聲：願我們的中國，鑒古灼今，發揚傳統精華，吸取五洲營養，漸進改革，持續開放，醒獅昂首，闊步奮行，前程佳美！

二〇一四年四月一日於大連

作者簡介

陳寅恪（一八九〇年—一九六九年），江西九江市修水縣客家人，中國現代最負盛名的歷史學家、古典文學研究家、語言學家、詩人。清華百年歷史上，四大哲人之一，另外三位是葉企孫、潘光旦、梅貽琦。其父陳三立是「清末四公子」之一、著名詩人，祖父陳寶箴（支持變法的開明督撫）曾任湖南巡撫。因其身出名門，而又學識過人，在清華任教時被稱作「公子的公子，教授之教授」。其爲人治學倡導「獨立之精神，自由之思想」，著有隋唐制度淵源論稿、唐代政治史述論稿、元白詩箋證稿、寒柳堂集、金明館叢稿、柳如是別傳、寒柳堂記夢等著作。

Tao Yuan-ming's Thought and Its Relation to the "Pure Talk"(Philosophic Wit) of Mediaeval China

By Yin k'e Ch'en 陳寅恪

The great poet Tao Yuan-ming(365?—427A.D.) was also a great thinker, for he had created a new theory of "living according to Nature." His theory was a reconciliation of and an improvement upon (i) the previous romantic but truthful Naturalists of the "Pure Talk" 清談 (Philosophic Wit) who had defied convention and refused co-operation with the new usurping regime, and (ii) the hypocritical and worldly Confucianists who had served the reigning dynasty and government in the name of morality but really for profit and success. Again, Tao Yuan-ming, unlike those previous Naturalists, did not advise us how to prolong our physical existence; but he taught us to throw our spirit into the great cosmic stream to be one with Nature, to live bravely and contented——neither bound to a life of the body, nor in conflict with the Confucian moral standards. And, as his family had long been Taoists of the "Religion of the Divine Teacher" 天師教, Tao Yuan-Ming would never give up his ancestral faith: so he had never been converted to Buddhism, and, though seemingly a Confucian, he remained at heart a Taoist of that peculiar sect all his life, He had thus really anticipated the work of those Reformed or the New Taoists who borrowed ideas from the Zen Buddhists (禪宗) to improve and revigorate their own religion in the 12th century.

陶淵明之思想與清談之關係

陳寅恪

古今論陶淵明之文學者甚衆，論其思想者較少。至於魏晉兩朝清談內容之演變與陶氏族類及家傳之信仰兩點以立論者，則淺陋寡聞如寅恪，尚未之見，故茲所論即據此二端以為說，或者可略補前人之所未備歟？

關於淵明血統之屬於溪族及家世宗教信仰為天師道一點涉及兩晉南朝史事甚多，寅恪已別著論文，專論之，題曰魏書司馬叡傳江東民族條釋證及推論，載中央研究院歷史語言研究所集刊第壹壹本第壹及貳分合刊，故於此點不欲重複考論，然此兩點實亦密切連繫，願讀此文者並一參閱之也。

茲請略言魏晉兩朝清談內容之演變：當魏末西晉時代卽清談之前期，其清談乃當日政治上之實際問題，與其時士大夫之出處進退至有關係，蓋藉此以表示本人態度及辯護自身立場者，非若東晉一朝卽清談後期，清談只爲口中或紙上之玄言，已失去政治上之實際性質，僅作名士身分之裝飾品者也。

紀載魏晉清談之書今存世說新書一種，其書所錄諸名士，上起漢代，下迄東晉末劉宋初之謝靈運，卽淵明同時之人而止。此時代之可注意者也。其書分別門類，以孔門四科卽德行政事言語文學及識鑒品藻賞譽等爲目，乃東漢名士品題人倫之遺意，此性質之可注意者也。大抵淸談之興起由於東漢末世黨錮諸名士遭政治暴力之摧壓，一變其指實之人物品題，而爲抽象玄理之討論，啓自郭林宗，而成於阮嗣宗，皆避禍遠嫌，消極不與其時政治當局合作者也。此義寅恪已於民國二十六年淸華學報所著逍遙遊義探原一文略發之，今可不必遠溯其源，及備論其事。但從曹魏之末西晉之初所謂「竹林七賢」者述起，亦得說明淸談演變歷程之概況也。

大概言之，所謂「竹林七賢」者，先有「七賢」，卽取論語「作者七人」之事數，實與東漢末三君八廚八及等名同爲標榜之義。迨西晉之末僧徒比附內典外書之「格義」風氣盛行，東晉初年乃取天竺「竹林」之名加於「七賢」之上，至東晉中葉以後江左名士孫盛袁宏戴逵輩遂著之於書，（魏氏春秋竹林名士傳竹林名士論。）而河北民間亦以其說附會地方名勝，如水經注玖清水篇所載東晉末年人郭緣生撰著之述征記中嵇康故居有遺竹之類是也。七賢諸人雖為同時輩流，然其中略有區別。以嵇康阮籍山濤為領袖，向秀劉伶次之，王戎阮咸為附屬，王戎從弟衍本不預七賢之數，但亦是氣類相同之人，可以合併討論者也。

晉書肆玖阮籍傳附瞻傳云：

見司徒王戎，戎問：聖人貴名教，老莊明自然，其旨同異？瞻曰：將無同？戎咨嗟良久，即命辟之，世謂之「三語掾」。

世說新語文學類亦載此事，乃作王衍與阮修問對之詞，（餘可參衛玠傳等。）其實問者之爲王戎或王衍，答者之爲阮瞻或阮修皆不關重要，其重要者只是老莊自然與周孔名教相同之說一點，蓋此爲當清談主旨所在，故王公舉以問阮掾，而深賞其與己意符合也。

夫老莊自然之旨固易通解，無取贅釋。而所謂周孔名教之義則須略爲詮證。按老子云：

樸散則爲器，聖人用之則爲官長。

又云：

始制有名。

王弼注云：

始制爲樸散始爲官長之時也。始制官長，不可不立名分，以定尊卑，故始制有名也。

莊子天下篇云：

春秋以道名分。

故名教者，依魏晉人解釋，以名爲教，即以官長君臣之義爲教，亦即入世求仕者所宜奉行者也。其主張與崇尚自然即避世不仕者適相違反。此兩者之不同，明白已甚，而所以成爲問題者，在當時主張自然與名教互異之士大夫中，其崇尚名教一派之首領如王祥何曾荀顗等三大孝，即佐司馬氏欺人孤兒寡婦，而致位魏末晉初之三公者也。（參晉書貳叁王祥傳何曾傳貳玖荀顗傳。）其眷懷魏室，不趨赴典午者，皆標榜老莊之學，以自然爲宗，「七賢」之義既從論語

「作者七人」而來，則「避世」「避地」固其初旨也。然則當時諸人名教與自然主張之互異卽是自身政治立場之不同，乃實際問題，非止玄想而已。觀嵇叔夜與山巨源絕交書，聲明其不仕當世，卽不與司馬氏合作之宗旨，宜其爲司馬氏以其黨於不孝之呂安，卽坐以違反名教之大罪殺之也。「七賢」之中應推嵇康爲第一人，卽積極反抗司馬氏者。康娶魏武曾孫女，本與曹氏有連，（見魏志貳拾沛穆王林傳裴注引嵇氏譜。）與杜預之締婚司馬氏，遂忘父讐，改事新主，（依焦循沈欽韓之說。）癖於聖人道名分之左氏春秋者，雖其入品絕不相同，而因姻戚之關係，以致影響其政治立場則一也。魏志貳壹王粲傳裴注引嵇喜撰嵇康傳云：

少有儁才，曠邁不羣，高亮任性，不修名譽，學不師授，博洽多聞，長而好老莊之業，性好服食，常採御上藥，善屬文論，彈琴詠詩，自足于懷。以爲神仙者稟之自然，非積學所致，至於導養得理，以盡性命，若安期彭祖之倫，可以善求而得也，著養生篇，知自厚者，所以喪其所生，其求益者，必失其性。超然獨達，遂放世事，縱意於塵埃之表。撰錄上古以來聖賢隱逸遁心遺名者，集爲傳贊，自混沌至於管寧，凡百一十九人。蓋求之於宇宙之內，而發之乎千載之外者矣。故世人莫得而名焉。

裴注又引魏氏春秋略云：

康寓居河內之山陽縣，與陳留阮籍河內山濤河南向秀籍兄子咸琅邪王戎沛人劉伶相與友善，遊於「竹林」，號爲「七賢」。大將軍嘗欲辟康，康既有絕世之言，又從子不善，避之河東，或云「避世」。及山濤爲選曹郎，舉康自代，康答書拒絕，因自說不堪流俗，而非薄湯武，大將軍聞而怒焉。初康與東平呂昭子巽及從弟安親善，會巽淫安妻徐氏，而誣安不孝，囚之，安引康爲證，康義不負心，保明其事，安亦至烈，有濟世志力，鍾會勸大將軍因此除之，遂殺安及康。

據此，可知嵇康在當時號爲主張老莊之自然，即避世，及違反周孔之名教，即不孝不仕之人，故在當時人心中自然與名教二者爲不可合一，即異而非同無疑也。

夫主張自然最激烈之領袖嵇康，司馬氏既以不孝不仕即違反名教之罪殺之（俞正燮癸巳存稿書文選幽憤詩後云：「乍觀之，一似司馬氏以名教殺康也者，其實不然也。」寅恪案，司馬氏實以當時所謂名教殺康者。理初於此猶未能完全瞭解。）其餘諸主張自然之名士如向秀，據世說新語言語類（參晉書肆玖向秀傳。）云：

> 嵇中散既被誅，向子期舉郡計入洛。（司馬）文王引進問曰：聞君有箕山之志，何以在此？對曰：巢許狷介之士，不足多慕。王大咨嗟。

劉注引向秀別傳云：

> 秀少為同郡山濤所知，又與譙國嵇康東平呂安友善，並有拔俗

之韻，其進止無不同，而造事營生亦不異，嘗與嵇康偶鍛於洛邑，與呂安灌園於山陽，不慮家之有無，外物不足怫其心。弱冠著儒道論。後康被誅，秀遂失圖，乃應歲舉到京師，詣大將軍司馬文王，文王問曰 聞君有箕山之志，何能自屈？秀曰：嘗謂彼人不達堯意，本非所慕也。一坐皆說。隨次轉至黃門侍郎散騎常侍。

則完全改圖失節，棄老莊之自然，遵周孔之名教矣。故自然與名教二者之不可合一，即不相同，在當日名士心中向子期前後言行之互異乃一具體之例證也。

若阮籍則不似嵇康之積極反晉，而出之以消極之態度，虛與司馬氏委蛇，遂得苟全性命。據魏志貳壹王粲傳（參晉書肆玖阮籍傳。）云：

籍才藻艷逸，而倜儻放蕩。行己寡欲，以莊周爲模則。官至步兵校尉。

裴注引魏氏春秋略云：

籍曠達不羈，不拘禮俗，性至孝，居喪雖不率常檢，而毀幾至滅性。後爲尚書郎，曹爽參軍，以疾歸田里，歲餘爽誅，太傅及大將軍乃以爲從事中郎。後朝論以其名高，欲崇顯之，籍以世多故，祿仕而已。聞步兵校尉缺，廚多美酒，營人善釀酒，求爲校尉，遂縱酒昏酣，遺落世事。籍口不論人過，自然高邁，故爲禮法之士何曾等深所讎疾，大將軍司馬文王常保持之，卒以壽終。

世說新語任誕類云：

阮籍遭母喪，在晉文王坐進酒肉，司隸何曾亦在坐，曰：明公方以孝治天下，而阮籍以重喪，顯於公坐飲酒食肉，宜流之海外，以正風敎。文王曰：嗣宗毀頓如此，君不能共憂之，何謂？且有疾而飲酒食肉，固喪禮也。籍飲啖不輟，神色自若。

魏志壹捌李通傳裴注引王隱晉書所載李秉家誡略云：

〔司馬文王〕曰：天下之至愼，其惟阮嗣宗乎！吾每與之言，言及玄遠，未曾評論時事，臧否人物，眞可謂至愼矣。

可知阮籍雖不及嵇康之始終不屈身司馬氏，然所爲不過「祿仕」而已，依舊保持其放蕩不羈之行爲，所以符合老莊自然之旨，故主張名教身爲司馬氏佐命元勛如何曾之流欲殺之而後快，觀於籍與曾之不能相容，是當時人心中自然與名教不同之又一例證也。夫自然之旨既在養生遂性，則嗣宗之苟全性命仍是自然而非名教。又其言必玄遠，不評論時事，臧否人物，則不獨用此免殺身之禍，並且將東漢末年黨錮諸名士具體指斥政治表示天下是非之言論，一變而爲完全抽象玄理之研究，遂開西晉以降清談之風派，然則世之所謂清談實始於郭林宗，而成於阮嗣宗也。

至於劉伶，如世說新語任誕類云：

劉伶恒縱酒放達，或脫衣，裸形在屋中。

亦不過有託而逃，藉此不與司馬氏合作之表示，與阮籍之苟全性命同是老莊自然之旨。樂廣以爲「名教中自有樂地」，非笑此類行爲，（見世說新語德行類王平子胡毋彥國諸人皆以任放爲達，或有裸體者條及晉書肆叁樂廣傳。）是證當時伯倫之放縱乃主張自然之說者，還又自然與名教不同之一例證也。

又若阮咸，則晉書肆玖阮籍傳附咸傳云：

咸任達不拘，與叔父籍爲竹林之遊，當世禮法者譏笑所爲。居母喪，縱情越禮，素幸姑之婢，姑當歸於夫家，初云留婢，既而自從去，時方有客，咸聞之，遽借客馬追婢，既及，與婢累騎而還。（參世說新語任誕類阮仲容先幸姑家鮮卑婢條。）

考世說新語任誕類阮仲容步兵居道南條劉注引竹林七賢論云：

諸阮前世皆儒學，善居室，惟咸一家棄事尚道，好酒而貧。

所謂「儒學」即遵行名教之意，所謂「尚道」即崇尚自然之意，不獨證明阮咸之崇尚自然，亦可見自然與名教二者之不能合一也。據上引諸史料，可知魏末名士其初本主張自然高隱避世之人，至少對於司馬氏之創業非積極贊助者。然其中如山濤者，據世說新語政事類山公以器重朝望條劉注引虞預晉書（參晉書肆叁山濤傳。）云：

好老莊，與嵇康善。

則巨源本來亦與叔夜同爲主張自然之說者，但其人元是司馬氏之姻戚。（巨源爲司馬懿妻張氏之中表親，見晉書肆叁山濤傳。）故卒依附典午，佐成篡業。至王氏戎衍兄弟既爲晉室開國元勳王祥之同族，戎父渾衍父乂又皆司馬氏之黨與，其家世遺傳環境薰習固宜趨附新朝致身通顯也。凡此類因緣可謂之利誘，而嵇康之被殺可謂之威迫，魏末主張自然之名士經過利誘威迫之後，其佯狂放蕩，違犯名教，以圖免禍，如阮籍阮咸劉伶之徒尚可自解及見諒於世人，蓋猶不改其主張自然之初衷也。至若山王輩其早歲本崇尙自然，棲隱不仕，後忽變節，立人之朝，躋位宰執，其內歉與否雖非所知，而此等才智之士勢必不能不利用一已有之舊說或發明一種新說以辨護其宗旨反覆出處變易之弱點，若由此說，則其人可兼尊顯之達官與清高之名士於一身，而無所慚忌，既享朝端之富貴，仍存林下之風流，自古名利幷收之實例此其最著者也。故自然與名教相同之說所以成爲清談之核心者，原有其政治上實際適用之功用，而清談之誤國正在廟堂執政負有最大責任之達官崇尚虛無，口談玄遠，不屑綜理世務之故，否則林泉隱逸清談玄理，乃其分內應有之事，縱無益於國計民生，亦必不至使「神州陸沉，百年丘墟」也。（見世說新語輕詆類桓公入洛條及晉書玖捌桓溫傳。）

但阮掾自然與名教相同之說既深契王公之心，而自來無滿意詳悉之解釋者是何故耶？考魏晉清談以簡要爲尚，世說新語德行類王戎和嶠同時遭大喪條劉注引晉諸公贊中鍾會薦王戎之語云：

王戎簡要。

又同書賞譽類上云：

王夷甫自嘆：我與樂令談，未嘗不覺我言爲煩。

劉注引晉陽秋（參晉書肆叁樂廣傳。）云：

樂廣善以約言厭人心，其所不知默如也。太尉王夷甫光祿大夫裴叔則能清言，常曰：與樂令言，覺其簡至，吾等皆煩。

故「三語掾」之三語中「將無」二語尚是助詞，其實僅「同」之一語，即名教自然二者相「同」之最簡要不煩之結論而已。夫清談之傳於今日者，大抵爲結論之類，而其所以然之故自不易考知，後人因亦只具一模糊籠統之觀念，不能確切指實。寅恪嘗徧檢此時代文字之傳於今者，然後知即在東晉，其時清談已無政治上之實際性，但凡號稱名士者其出口下筆無不涉及自然與名教二者同異之問題，其主張爲同爲異雖不一致，然未有舍置此事不論者。蓋非討論及此，無以見其爲名士也。舊草名教自然同異考，其文甚繁，茲不備引，惟取袁宏後漢紀一書之論文關於名教自然相同之說者，迻寫數節於下以見例，其實即後漢紀其他諸論中亦多此類之語，可知在當時名士之著述此類言說乃不可須臾離之點綴品，由今觀之，似可笑而實不可笑者也。

後漢紀（茲所據者爲涵芬樓本，譌奪極多，略以意屬讀，未能詳悉校補也。）序略云：

夫史傳之興所以通古今而篤名教也。丘明之作廣大悉備。史遷剖判六家，建立十書，非徒記事而已，信足扶明義教，網羅治體，然未盡之。班固源流周贍，近乎通人之作，然因藉史遷，無所甄明。荀悅才智經綸，足爲嘉史，所述當世，大得治功已矣，然名教之本帝王高義韞而未敍。今因前代遺事，略舉義教所歸，庶以弘敷王道，口〔？〕前史之闕。

寅恪案，此袁宏自述著書之主旨，所謂開宗明義之第一語。蓋史籍以春秋及左氏傳爲規則，而春秋爲道名分之書，作史者自應主張名教。然依東晉社會學術空氣，既號爲名士，則著作史籍，不獨須貴名教，亦當兼明自然，即發揮名教與自然相同之義也。今彥伯以爲「名教之本諨而未敍，」意指荀氏漢紀只言名教，未及自然，故「因前代遺事，略舉義教所歸，」凡此序中「義教」爲「名教」之變文，全書之議論皆謂自然爲名教之本，即「略舉義教所歸，」所以闡明名教實與自然不異，而「三語掾」「將無同」之說得後漢紀書爲注脚，始能瞭解矣。

後漢紀貳貳桓帝延嘉九年述李膺范滂等名士標榜之風氣事其論略云：

夫人生合天地之道，感於事動，性之用也，故動用萬方，參差百品，莫不順乎道，本乎性情者。由是以爲道者，清淨無爲，少時少欲，沖其心而守之，雖爵以萬乘，養以天下，不勞也。爲德者言而不華，默而有信，推誠而行之，不愧於鬼神，而況於天下乎？爲仁者博施兼愛，崇善濟物，得其志而中心傾之，然忘己以爲千載一時也。爲義者潔軌跡，崇名教，遇其節而明之，雖殺身糜軀猶未悔也。故因其所弘，則謂之風，節其所託，則謂之流，自風而觀。則同異之趣可得而見，以流而尋，則好惡之心於是乎區別，是以古先哲王必節順羣風，而導物爲流之途，而各使自盡其業，故能班敘萬物之才，以及經綸王略，直道而行者也。中古陵遲，斯道替矣。（中略。）春秋之時，（中略。）戰國縱橫，（中略。）高祖之興，（中略。）逮乎元成明章之間，（中略。）自茲以降，（中略。）寅恪案，彥伯此節議論乃范蔚宗後漢書黨錮傳序所從出、初觀之，殊不明其意旨所在，詳繹之，則知彥伯之意古今世運治亂遞變，依老子「失道而後德，失德而後仁，失仁而後義，」以爲解釋。「本乎性情」即出於自然之意。若「爲義者崇名教，雖殺身糜軀猶未悔也，」意謂爲義者雖以崇名教之故，至於殺身，似與自然之旨不合，但探求其本，則名教實由自然遞變而來，故名教與自然並非衝突，不過就本末先後言之耳。大抵袁氏之所謂本末，兼涵體用之義，觀於下引一節，其義更顯，今錄此節者，以范蔚宗議論所從出，並附及之，或可供讀范書者之參證歟？

後漢紀貳叁靈帝建寧二年述李膺范滂誅死事其論略云：

夫稱至治者，非貴其無亂，貴萬物得所，而不亂其情也。言善教者，非貴其無害也，貴性理不傷，性命咸遂也。古之聖人知其如此，故作爲名教，平章百姓，天下既寧，萬物之生全也，保生遂性，久而安之，故名教之益萬物之情大也。當其治隆，則資教以全生，及其不足，則立身以重教，然則教也者，存亡之所由也。夫道衰則教虧，幸免同乎苟生，教重則道存，滅身不爲徒死，所以固名教也。汙隆者，世之盛衰也，所以亂而治理不盡，世弊而教道不絕者，任教之人存也。夫稱誠而動，以理爲心，此情存乎名教者也，內不忘己以爲身，此利名教者也，情於名教者少，故道深於千載，利名教者衆，故道□於當年，蓋濃薄之誠異，而遠近之義殊也，統體而觀，斯利名教之所取也。

寅恪案，此節彥伯發揮自然與名教相同之旨較爲明顯，文中雖不標出自然二字，但「保生遂性」即主張自然之義，蓋李范爲名教而殺身，似有妨自然，但名教元爲聖人準則自然而設者，是自然爲本，名教爲末，二者實相爲體用，故可謂之「同」也。

後漢紀叁陸獻帝初平二年述蔡邕宗廟之議，其論略云：

夫君臣父子，名教之本也。然則名教之作何爲者也？蓋準天地之性，求之自然之理，擬議以制其名，因循以弘其教，辯物成器，以通天下之務者也。是以高下莫尙於天地，故貴賤擬斯以辯物，尊卑莫大於父子，故君臣象茲以成器，天地無窮之道，父子不易之體，以無窮之天地，不易之父子，故尊卑永固而不逾，名教大定而不亂，置之六合，充塞宇宙，自古及今，其名不去者也。未有違失天地之性，而可以序定人倫，矣〔？〕乎自然之理，而可以彰明治體者也。末學膚淺，不達名教之本，牽於事用，以惑自然之性，見君臣同於父子，謂之兄弟，可以相傳爲體，謂友于齊於昭穆，達自然之本，違自然之性，豈不哀哉！

寅恪案，此節言自然名教相同之義尤爲明暢，蓋天地父子自然也，尊卑君臣名教也，名教元是準則自然而設置者也。文中「末學膚淺，不達名教之本，牽乎事用，以惑自然之性，」等語乃指斥主張自然與名教不同之說者，此彥伯自高聲價之詞，當時號稱名士者所不可少之裝飾門面語也。然則袁氏之意以自然爲本或體，名教爲末或用，而阮掾對王公之問亦當如是解釋，可以無疑矣。

東晉名士著作必關涉名教與自然相同問題，袁書多至二十卷，固應及此，即短章小詩如淵明同時名士謝靈運之從駕京口北固應詔詩，（文選貳貳）開始即云：

玉璽戒誠信。黃屋示崇高。事爲名教用。道以神理超。

寅恪案，郭象注莊子逍遙遊云：

夫聖人雖在廟堂之上，然其心無異於山林之中，世豈識之哉！徒見其戴黃屋，佩玉璽，便謂足以纓紱其心矣。見其歷山川，同民事，便謂足以憔悴其神矣，豈知至至者之不虧哉！

此注亦自然名教合一說，即當日之清談也。

又依客兒之意，玉璽黃屋皆名教之「事用」也，其本體則爲具有神理之道，即所謂自然也。此當日名士紙上之淸談，後讀之者不能得其確解，空歎賞其麗詞，豈非可笑之甚耶？

夫東晉中晚袁謝之詩文僅爲紙上淸談，讀者雖不能解，尚無大關係。至於曹魏西晉之際此名敎與自然相同一問題實爲當時士大夫出處大節所關，如山濤勸嵇康子紹出仕司馬氏之語爲顧亭林所痛恨而深鄙者，（日知錄壹叁正始條。）顧氏據正誼之觀點以立論，其苦心固極可欽敬，然於當日士大夫思想蛻變之隱微似猶未達一間，故茲略釋巨源之語，以爲讀史論世之一助。

世說新語政事類云：

嵇康被誅後，山公舉康子紹爲祕書丞，紹咨公出處。公曰：爲君思之久矣。天地四時猶有消息，而況人乎？

寅恪案，天地四時即所謂自然也，猶有消息者，即有陰晴寒暑之變易也，出仕司馬氏，所以成其名教之分義，即當日何曾之流所謂名教也，自然旣有變易，則人亦宜仿效其變易，改節易操，出仕父讎矣。斯實名教與自然相同之妙諦，而此老安身立命一生受用之秘訣也。嗚呼！今晉書以山濤傳與王戎及衍傳先後相次，列於一卷（第肆叁卷。）此三人者，均早與嵇阮之徒同尚老莊自然之說，後則服遵名教，以預人家國事，致身通顯，前史所載，雖賢不肖互殊，而獲享自然與名教相同之大利，實無以異也，其傳先後相次於一卷之中，誰謂不宜哉！

復次，藝文類聚肆捌載晉裴希聲侍中嵇侯碑文，茲節錄其中關於名教與自然相同說之數語於下，即知當時之人其心中以爲嵇紹之死節盡忠雖是名教美事，然傷生害性，似與自然之道違反，故不得不持一名教與自然相同說爲之辨護，此固爲當日思想潮流中必有之文字，若取與袁彥伯及顧亭林之言較其同異，尤可見古今思想及人物評價之變遷。至其文中所記年月或有譌誤，然以時代思想論，其爲晉人之作不容疑也。其文略云：

夫君親之重，非名教之謂也，愛敬出於自然，而忠孝之道畢矣。樸散眞離，背生殉利，禮法之興，於斯爲薄，悲夫！（下略。）銘曰：

（上略。）在親成孝，於敬成忠。

世說新語紀錄魏晉淸談之書也。其書上及漢代者，不過追溯原起，以期完備之意。惟其下迄東晉之末劉宋之初迄於謝靈運，固由其書作者只能述至其所生時代之大名士而止，然在吾國中古思想史，則殊有重大意義，蓋起自漢末之淸談適至此時代而消滅，是臨川康王不自知覺中卻於此建立一畫分時代之界石及編完一部清談之全集也・前已言清談在東漢晚年曹魏季世及西晉初期皆與當日士大夫政治態度實際生活有密切關係，至東晉時代，則成口頭虛語紙上空文，僅爲名士之裝飾品而已・夫清談既與實際生活無關，自難維持發展，而有漸次衰歇之勢，何況東晉劉宋之際天竺佛教大乘玄義先後經道安慧遠之整理，鳩摩羅什師弟之介紹，開震旦思想史從來未有之勝境，實於紛亂之世界，煩悶之心情具指迷救苦之功用，宜乎當時士大夫對於此新學說驚服歡迎之不暇，回顧舊日之清談，實爲無味之雞肋，已成之芻狗，遂捐棄之而不惜也。

以上略述淵明之前魏晉以來清談發展演變之歷程既竟，茲方論淵明之思想，蓋必如是，乃可認識其特殊之見解，與思想史上之地位也。凡研究淵明作品之人莫不首先遇一至難之問題，卽何以絕不發見其受佛教影響是也。以淵明之與蓮社諸賢，生旣同時，居復相接，除有人事交際之記載而外，其他若蓮社高賢傳所紀聞鐘悟道等說皆不可信之物語也。陶集中詩文實未見贊同或反對能仁教義之單詞隻句，是果何故耶？

嘗考兩晉南北朝之士大夫，其家世夙奉天師道者，對於周孔世法，本無衝突之處，故無贊同或反對之問題。惟對於佛教則可分三派：一爲保持家傳之道法，而排斥佛教，其最顯著之例爲范縝，（見梁書肆捌南史伍柒儒林傳范縝傳及中央研究院歷史語言研究所集刊第叄本第肆分拙著天師道與海濱地域之關係文中論范蔚宗條。）其神滅之論震動一時，今觀僧祐弘明集第捌第玖兩卷所載梁室君臣往復辨難之言說，足徵子眞守護家傳信仰之篤至矣。二爲棄捨其家世相傳之天師道，而皈依佛法，如梁武帝是其最顯著之例，道宣廣弘明集肆載其捨事道法文略云：

維天監三年四月梁國皇帝蘭陵蕭衍稽首和南十方諸佛十方尊法十方聖僧。弟子經遲迷荒，耽事老子，歷葉相承，染此邪法，習因善發，棄迷知返。今捨舊醫，歸憑正覺，不樂依老子道，暫得生天。涉大乘心，離二乘念，正願諸佛證明，菩薩攝受！弟子蕭衍和南。

又弘明集壹貳所載護持佛法諸文之作者，如范泰，即蔚宗之父，與子眞爲同族，及琅邪王謐，皆出於天師道世家，而歸依佛教者，此例甚多，無待詳舉矣。三爲持調停道佛二家之態度，即不盡棄家世遺傳之天師道，但亦兼採外來之釋迦教義，如南齊之孔稚珪，是其例也。孔氏本爲篤信天師道之世家，（見南齊書肆捌孔稚珪傳南史肆玖孔珪傳及拙著天師道與海濱地域之關係文中論范蔚宗條。）弘明集壹壹載其答蕭司徒（竟陵王子良）第一書略云：

民積世門業依奉李老，民仰攀先軌，自絕秋塵，而宗心所向，猶未敢墜。至於大覺明義般若正源，民生平所宗，初不違背。民齋敬歸依，早自淨信，所以未變衣鉢眷念黃老者，實以門業有本，不忍一日頓棄，心世有源，不欲終朝悔遁，既以二道大同，本不惜心迴向，實顧言稱先業，直不忍棄門志耳。民之愚心正執門範，情於釋老，非敢異同，始私追尋民門，昔嘗明一同之義，經以此訓張融，融乃著通源之論，其名少子。〔寅恪案，弘明集陸載張融門論略云：吾門世恭佛，舅氏奉道道也。汝可專遵於佛迹，無侮於道本。少子致書諸遊生者。〕

其第二書云：

民今心之所歸，輒歸明公之一向，道家戒善，故與佛家同耳。兩同之處民亦苟檢道法，道之所異，輒婉轉入公大乘。

鄙意淵明當屬於第一派，蓋其平生保持陶氏世傳之天師道信仰，雖服膺儒術，而不歸命釋迦也。

凡兩種不同之教徒往往不能相容，其有捐棄舊日之信仰，而歸依他教者，必為對於其夙宗之教義無創闢勝解之人也。中國自來號稱儒釋道三教，其實儒家非真正之宗教，決不能與釋道二家並論。故外服儒風之士可以內宗佛理，或潛修道行，其間并無所衝突。他時代姑不置論，就淵明所生之東晉南北朝諸士大夫而言，江左琅邪王氏及河北清河崔氏本皆天師道世家，亦為儒學世家，斯其顯證。然此等天師道世家中多有出入佛教之人，惟皆為對於其家傳信仰不能獨具勝解者也。至若對於其家傳之天師道之教義具有創闢勝解之人，如河北之清河崔浩者，當日之儒宗也，其人對於家傳之教義不僅篤信，且思革新，故一方結合寇謙之，「除去三張僞法，錢稅及男女合氣之術，」一方利用拓拔燾毀滅佛教，（詳見魏書壹壹肆釋老志及同書貳伍崔浩傳北史貳壹崔宏傳附浩傳。）尤爲特著之例。淵明之爲人雖與崔伯淵異，然其種姓出於世奉天師道之溪族，（見拙著魏書司馬叡傳江東民族條釋證及推論。）其關於道家自然之說別有進一步之創解，（見下文。）宜其於同時同地慧遠諸佛教徒之學說竟若充耳不聞也。淵明著作文傳於世者不多，就中最可窺見其宗旨者，莫如形影神贈答釋詩，至歸去來辭桃花源記自祭文等尚未能充分表示其思想，而此三首詩之所以難解亦由於是也。此三首詩實代表自曹魏末至東晉時士大夫政治思想人生觀念演變之歷程及淵明已身創獲之結論，卽依據此結論以安身立命者也。前已言魏末晉初名士如嵇康阮籍叔姪之流是自然而非名教者也，何曾之流是名教而非自然者也，山濤王戎兄弟則老莊與周孔並尙，以自然名教爲兩是者也。其尙老莊是自然者，或避世，或祿仕，對於當時政權持反抗或消極不合作之態度，其崇周孔是名教者，則干世求進，對於當時政權持積極贊助之態度，故此二派之人往往互相非詆，其周孔老莊並崇，自然名教兩是之徒則前日退隱爲高士，晚節急仕至達官，名利兼收，實最無恥之巧宦也。時移世易，又成來復之象，東晉之末葉宛如曹魏之季年，淵明生値其時，旣不盡同嵇康之自然，更有異何曾之名教，且不主名教自然相同之說如山王輩之所爲。蓋其己身之創解乃一種新自然說，與嵇阮之舊自然說殊異，惟其仍是自然，故消極不與新朝合作，雖篇篇有酒，（昭明太子陶淵明集序語。）而無沈湎任誕之行及服食求長生之志。夫淵明既有如是創闢之勝解，自可以安身立命，無須乞靈於西土遠來之學說，而後世佛徒妄造物語，以爲附會，抑何可笑之甚耶？

茲取形影神贈答釋詩略釋之於下：

形，影，神。（并序。）

貴賤賢愚莫不營營以惜生，斯甚惑焉。故極陳形影之苦言，神辨自然以釋之，好事者共取其心焉。

寅恪案，「惜生」不獨指舊自然說者之服食求長生，亦兼謂名教說者孜孜爲善。立名不朽，仍是重視無形之長生，故所以皆苦也。茲言「神辨自然，」可知神之主張卽淵明之創解，亦自然說也。今以新自然說名之，以別於中散等之舊自然說焉。

形贈影。

寅恪案，此首淵明非舊自然說之言也。

天地長不沒。山川無改時。草木得常理。霜露榮悴之。謂人最靈智。獨復不如茲。適見在世中。奄去靡歸期。奚覺無一人。親識豈相思。但餘平生物。舉目情悽洏。

寅恪案，此節言人生不如大自然之長久也。

詩又云：

我無騰化術。必爾不復疑。願君取吾言。得酒莫苟辭。

寅恪案，此詩結語謂主張舊自然說者求長生學神仙（主舊自然說者大都學神仙，至嵇叔夜以神仙非積學所致，乃一例外也。）爲不可能。但主舊自然說者如阮籍劉伶諸人藉沈湎於酒，以圖苟全性命，或差可耳。此非舊自然說之言也。

影答形。

寅恪案，託爲是名教者非舊自然說之言也。

存生不可言。衞生每苦拙。誠願遊崑華。邈然茲道絕。

寅恪案，此數句承形贈影詩結語，謂長生不可期，神仙不可求也。

詩又云

與子相遇來。未嘗異悲悅。憩蔭若暫乖。止日終不別。此同既難常。黯爾俱時滅。

寅恪案，此節申言舊自然說之非也。

詩又云：

身沒名亦盡。念之五情熱。立善有遺愛。胡爲不自竭。

寅恪案，此託爲主張名教者之言，蓋長生既不可得，則惟有立名卽立善可以不朽，所以期精神上之長生，此正周孔名教之義，與道家自然之旨迥殊，何曾樂廣所以深惡及非笑阮籍王澄胡毋輔之輩也。

神釋。

寅恪案，此首之意謂形所代表之舊自然說與影所代表之名教說之兩非，且互相衝突，不能合一，但已身別有發明之新自然說，實可以皈依，遂託於神之言，兩破舊義，獨申創解，所以結束二百年學術思想之主流，政治社會之變局，豈僅淵明一人安身立命之所在而已哉！

大鈞無私力。萬理自森著。人為三才中。豈不以我故？與君雖異物。生而相依附。結託既喜同。安得不相語。

寅恪案，此節明神之所以特貴於形影，實淵明之所自託，宜其作如是言也。或疑淵明之尊神至此，殆不免受佛教影響，然觀此首結語「應盡便須盡。無復獨多慮。」之句，則淵明固亦與范縝同主神滅論者。縝本世奉天師道，而淵明於其家傳之教義尤有所創獲，此二人同主神滅之說，必非偶然也。

又子眞所著神滅論云：「若陶甄稟於自然，森羅均於獨化，忽焉自有，怳爾而無，來也不禦，去也不追，乘乎天理，各安其性。」則與淵明神釋詩所謂「縱浪大化中，不喜亦不懼。應盡便須盡，無復獨多慮。」及歸去來辭所謂「聊乘化以歸盡，樂夫天命復奚疑。」等語旨趣符合。惟淵明生世在子眞之前，可謂「孤明先發」耳。（慧皎高僧傳贊美道生之語。）陶范俱天師道世家，其思想冥會如此，故治魏晉南北朝思想史，而不究心家世信仰問題，則其所言恐不免皮相，此點斯篇固不能詳論，然卽依陶范旨趣符同一端以爲例證而推之，亦可以思過半矣。

或疑陶公乞食詩「冥報以相貽。」之句與釋氏之說有關，不知老人結草之物語實在佛教入中國之前，且釋氏冥報之義復由後世道家採入其教義，故淵明此語無論其爲詞彙問題，抑或宗教問題，若果涉宗教，則當是道教，未必爲佛教也。

詩又云：

三皇大聖人。今復在何處？

寅恪案，此反詰影所謂「身沒名亦盡。念之五情熱。立善有遺愛。胡爲不自竭？」之語，乃非名教之說也。

詩又云：

彭祖愛永年。欲留不得住。老少同一死。賢愚無復數。

寅恪案，此非主舊自然說者長生求仙之論，亦非主名教說者立善不朽及遺愛之言也。

詩又云：

日醉或能忘。將非促齡具。

寅恪案，此駁形「得酒莫苟辭」之語，意謂主舊自然說者沈湎於酒，欲以全生，豈知其反傷生也。

詩又云：

立善常所欣。誰當爲汝譽。

寅恪案，此駁影「立善有遺愛。胡爲不自竭。」之語，蓋既無譽者，則將何所遺耶？此非名教之言也。

詩又云：

甚念傷吾生。正宜委運去。縱浪大化中。不喜亦不懼。應盡便須盡。無復獨多慮。

寅恪案，此詩結語意謂舊自然說與名教說之兩非，而新自然說之要旨在委運任化。夫運化亦自然也，既隨順自然，與自然混同，則認己身亦自然之一部，而不須更別求騰化之術，如主舊自然說者之所爲也。但此委運任化，混同自然之旨自不可謂其非自然說，斯所以別稱之爲新自然說也。考陶公之新解仍從道教自然說演進而來，與後來道士受佛教禪宗影響所改革之教義不期冥合，是固爲學術思想演進之所必致，而淵明則在千年以前已在其家傳信仰中達到此階段矣，古今論陶公者皆未嘗及此，實有特爲指出之必要也。

又歸去來辭結語「聊乘化以歸盡，樂夫天命復奚疑。」乃一篇主旨，亦卽神釋詩所謂「甚念傷吾生。正宜委運去。縱浪大化中。不喜亦不懼　應盡便須盡。無復獨多慮。」之意，二篇主旨可以互證。又自祭文中「樂天委分，以至百年。」亦卽神釋詩「正宜委運去。」及「應盡便須盡。」之義也。至文中「惟此百年，夫人愛之，懼彼無成，愒日惜時，存爲世珍，沒亦見思。」乃影答形詩「身沒名亦盡。念之五情熱。立善有遺愛。胡爲不自竭？」之意，蓋主名教說者之言，其下卽接以「嗟我獨邁，曾是異茲，寵非己榮，涅豈吾緇，捽兀窮廬，酣飲賦詩，識運知命，疇能罔眷，余今斯亡，可以無恨。」則言己所爲異趣，乃在「識運知命，」卽「乘化歸盡，樂夫天命，」之恉，實以名教說爲非，可知淵明始終是天師教信徒，而道教爲自然主義，淵明雖異於嵇阮之舊自然說，但仍不離自然主義，殊無可疑也。

又弘明集伍釋慧遠沙門不敬王者論出家二云：

> 其爲教也，達患累緣於有身，不存身以息患，知生生由於稟化，不順化以求宗。

是則與淵明所得持任生委運乘化樂天之宗旨完全相反，陶令絕對未受遠公佛教之影響益可證明矣。

又遠公此論之在家一中「是故因親以教愛，使民知有自然之恩，因嚴以敎敬，使民知有自然之重。」及體極不兼應四中「常以爲道法之與名敎，如來之與堯孔，發致雖殊，潛相影響，出處誠異，終期則同。」等語，仍是東晉名士自然與名教相同之流行言論，不過遠公以釋迦易老莊耳。淵明宗旨實有異於此，斯又陶令思想與遠公無關之一證也。

復次，桃花源記爲描寫當時塢壁之生活，而加以理想化者，非全無根據之文也。詳見拙著桃花源記旁證（民國二十五年一月清華學報。）及魏書司馬叡傳江東民族釋證及推論，（中央研究院歷史語言研究所集刊第壹壹本第壹分及第貳分合刊。）茲不備及。惟有一事特可注意者，即淵明理想中之社會無君臣官長尊卑名分之制度，王介甫桃源行「雖有父子無君臣」之句深得其旨，蓋此文乃是自然而非名教之作品，藉以表示其不與劉寄奴新政權合作之意也。

又五柳先生傳爲淵明自傳之文。文字雖甚短，而述性嗜酒一節最長。嗜酒非僅實錄，如見於詩中飲酒止酒述酒及其關涉酒之文字，乃遠承阮劉之遺風，實一種與當時政權不合作態度之表示，其是自然非名教之意顯然可知，故淵明之主張自然，無論其爲前人舊說或己身新解，俱與當日實際政治有關，不僅是抽象玄理無疑也。

取魏晉之際持自然說最著之嵇康及阮籍與淵明比較，則淵明之嗜酒祿仕，及與劉宋諸臣王弘顏延之交際往來，得以考終牖下，固與嗣宗相似，然如詠荊軻詠之慷慨激昂及讀山海經詩精衞刑天之句情見乎詞，則又頗近叔夜之亢直矣。總之，淵明政治上之主張，沈約宋書淵明傳所謂「自以曾祖晉世宰輔，恥復屈身異代，自〔宋〕高祖王業漸隆，不復肯仕。」最爲可信。與嵇康之爲曹魏國姻，因而反抗司馬氏者，正復相同。此嵇陶符同之點實與所主張之自然說互爲因果，蓋研究當時士大夫之言行出處者，必以詳知其家世之姻族連繫及宗敎信仰二事爲先決條件，此爲治史者之常識，無待贅論也。近日梁啓超氏於其所撰陶淵明之文藝及其品格一文中謂「其實淵明只是看不過當日仕途混濁，不屑與那些熱官爲伍，倒不在乎劉裕的王業隆與不隆」。「若說所爭在什麼姓司馬的，未免把他看小了。」及「宋以後批評陶詩的人最恭維他恥事二姓，這種論調我們是最不贊成的。」斯則任公先生取己身之思想經歷，以解釋古人之志尙行動，故按諸淵明所生之時代，所出之家世，所遺傳之舊教，所發明之新說，皆所難通，自不足據之以疑沈休文之實錄也。

又淵明雖不似主舊自然說者之求長生學神仙，然其天師道之家傳信仰終不能無所影響，其讀山海經詩云：「汎覽周王傳，流觀山海圖。」蓋穆天子傳山海經俱屬道家秘笈，而爲東晉初期人郭璞所注解，景純本是道家方士，故篤好之如此，淵明於斯亦習氣未除，不覺形之吟詠，不可視同偶爾興懷，如詠荆軻三良讀史述扇上畫贊之類也。茲論淵明思想，因幷附及之，以求敎於讀陶詩者。

今請以數語概括淵明之思想如下：

淵明之思想爲承襲魏晉清談演變之結果及依據其家世信仰道教之自然說而創改之新自然說。惟其爲主自然說者，故非名教說，并以自然與名教不相同。但其非名教之意僅限於不與當時政治勢力合作，而不似阮籍劉伶輩之佯狂任誕。蓋主新自然說者不須如主舊自然說之積極抵觸名教也。又新自然說不似舊自然說之養此有形之生命，或別學神仙，惟求融合精神於運化之中，即與大自然爲一體。因其如此，既無舊自然說形骸物質之滯累，自不致與周孔入世之名教說有所觸礙。故淵明之爲人實外儒而內道，捨釋迦而宗天師者也。推其造詣所極，殆與千年後之道教采取禪宗學說以改進其教義者，頗有近似之處。然則就其舊義革新，「孤明先發」而論，實爲吾國中古時代之大思想家，豈僅文學品節居古今之第一流，爲世所共知者而已哉！

陶淵明批評

蕭望卿◎著

山西人民出版社
山西出版傳媒集團

作者簡介

蕭望卿（一九一七年—二〇〇六年），字成資，湖南寧遠縣人，西南聯大畢業，曾入清華研究院深造。在西南聯大與清華研究院期間，師從聞一多、朱自清、沈從文先生，且交情甚篤。

目次

序

中國詩人裏影響最大的似乎是陶淵明、杜甫、蘇軾三家。他們的詩集，版本最多，註家也不少。這中間陶淵明最早，詩最少，可是各家議論最紛紜。考證方面且不提，只說批評一面，歷代的意見也夠歧異夠有趣的。本書「歷史的影像」一章頗能扼要的指出這種演變。在這紛紜的議論之下，要自出心裁獨創一見是很難的。但這是一個重新估定價值的時代，對於一切傳統，我們要重新加以分析和綜合，用這時代的語言重新表現出來。本書批評陶詩，用的正是現代的語言，一鱗一爪的，雖然不是全豹，表現着陶詩給予現代的我們的影像。這就與從前人不同了。

文學批評，從前人認為小道。這中間又有分別。就說詩吧，論到詩人身世情志，在小道中還算大方；論到作風以及篇章字句，那就眞是「玩物喪志」了。這種看法原也有它正大的理由。但詩人的情和志主要的還是表現在作風以至篇章字句中，一概抹煞，那情和志就成了空中樓閣，難以捉摸了。我們這時代認爲文學批評是生活的一部門，該與文學作品等量齊觀。而「條條路通羅馬」，從作家的生世情志也好，從作風以至篇章字句也好，只要能以表現作品的價值，都是文學批評之一道。兼容並包，才能成其爲大。本書二三章專論陶詩的作風和藝術，不厭其詳。從前人論陶詩，以爲「質直」「平淡」，就不從這方面鑽研進去。但「質直」「平淡」也有個所以然，不該含胡了事。本書詳人所略，便是向這方面努力。要完全認識陶淵明，這方面的努力是不可少的。

陶淵明的創獲是在五言詩。本書說「到他手裏，才是更廣泛的將日常生活詩化」，又說他「用比較接近說話的語言」，是很得要領的。陶詩顯然接受了玄言詩的影響。玄言詩雖然抄襲老莊，落了套頭，但用的似乎正是「比較接近說話的語言」。因爲只有「比較接近說話的語言」才能比較的盡意而入玄；駢儷的詞句是不能如此直截了當的。那時固然是駢儷時代，然而也未嘗不重接近說話的語言。世說新語那部名著便是這種語言的記錄。這樣看，淵明用這種語言來作詩，也就不是奇跡了。他之所以能夠超過玄言詩，卻在能擺脫那些老莊的套頭，而將自己日常生活體驗化入詩裏。鍾嶸評他爲「隱逸詩人之宗」，斷章取義，這句話是足以表明淵明的人和詩的。至於他的四言詩，實在無甚出色之處。歷來評論者推崇他的五言詩，因而也推崇他的四言詩，那是有所蔽的偏見。本書論四言詩一章，大膽的打破了這個偏見，分別詳盡的評價各篇的詩。結論雖然也有與從前人相合的，但全章所取的卻是一個新態度。這一章是值得大書特書的。

朱自清

陶淵明歷史的影像

一

萬族皆有託，
孤雲獨無依。
曖曖空中滅，
何時見餘暉？

這孤雲是陶潛（三六五——四二七）光明峻潔人格的象徵，他這樣預言，好像早就看出了他自己將來的際遇。他確乎像是無依的孤雲，隨着時代的流動明滅變幻（他的生距離今天是一五七九年），漸漸才露出眞的光輝。他映照在人間的影像，在宋以前是比較朦朧的，而且有很長的時期尋不到一點痕迹。要描繪他「歷史的影像」是不容易的，在這方面似乎沒有誰嘗試過，實在，只求鉤出不太朦朧的輪廓，也已經是夠困難的了。

人類的眼光把不住事物底眞象，他們如何被時代和自己無形的雲翳所蒙蔽，幾乎是難以想像的，他們的腦子難相信的窄狹，多麼不容易，也不願接受跟自己不同的，尤其是新的東西。陶淵明將詩底疆域擴展到田園，不唯帶來了新鮮的景象，新鮮的聲音，而且創造了一種新詩體。凡洛黎（Paul Valéry）論他底詩說：「他穿的衣裳是向最高貴的裁縫定做，而牠底價值是你一眼看不出來的，他只吃水果，這水果可是他花了很大的工夫在自己底園地培植的。」這是陶淵明詩底精神，也就正因爲這樣，他的眞暉不幸隱沒了幾百年。

晉朝的詩大都穿着玄理的衣裳，粉飾太重的詞采，眞的情思因而掩沒。在這樣的氛圍裏，淵明底詩發生怎樣的反應呢？從他自己底作品看不出一點影子，別的文字也極少觸着這個問題。顏延之（三八四——四五六）是淵明交情不算淺的朋友，他那篇陶徵士誄，關於淵明底文章，只點染了四個字：「文取指達」。大約是引用「辭達而已矣」，說他「文體省淨」、「不枝梧」，也許隱含「質直」的微意。顏延之底詩，誠如鮑明遠所說，「鋪錦列繡，雕繪滿眼」，自己寫那派的詩，往往也就愛那派的詩，顏延之怕不甚容易賞識陶淵明。通常替人做哀誄，都將他底德行事業加以表揚，顏延之也說，「實以誄華」，可是，既然那樣極力讚嘆淵明底德行，若當時推重他底文章，即使顏延之不能委曲自己底趣好，那對於他這方面，也不會如此忽略。顏延之這種看法，或許可代表當時一般的風氣，怕不僅是他個人的意見。

他同時的人怎樣看淵明的呢？誄文只在追述他死時泛泛地說：「近識悲悼，遠士傷情。」幾近於套語，我不敢就此作太遠的揣測。他的傳記卻給我們一些啓示：江州刺史王宏想認識他，沒有辦法，不得不求他底老朋友周旋；刺史檀道濟親自去看他，稱他為「賢者」，還送了一些不幸不能討好的粱肉；惠遠是當時很少煙火氣的高人，竟破戒設酒，招引他入蓮社。他爲什麼被當時推重呢？主要的，我想，不是門閥，不是文章，而由於他高遠淸雅的風趣。當時認眞做官會惹人笑話，要是蕭散曠達，方夠風雅，陶淵明就是以高雅的隱士被一些人尊敬。在那種風氣裏，詩自然只好退居風雅的背後，甚或只是裝點風雅；何況當時文壇被玄虛輕綺的微霧籠罩，淵明那樣眞素的新詩體，自然更不容易得到一般人底珍重了。

從顏延之陶徵士誄到沈約（四四一——五一三）蕭統（五〇一——五三一），其間關於淵明的史料我們驚失於一片虛白。沈約宋書隱逸傳沒有一個字論到淵明底文章，沈約是當時文學界的權威，他這不重視淵明文章的態度至少可代表一部分人，甚或一時的風氣。這件事實就向我們說明：陶淵明底詩直到沈約修宋書的時候，還沒有什麼地位。說也奇怪，沈約偏標出他底忠貞：「自以曾祖晉世宰輔，恥復曲身異代，自高祖王業漸隆，不復出仕。所著文章皆題其月日：義熙以前，則書晉氏年號；自永初以來，唯云甲子而已。」不過，這種論調在唐以前似乎還沒有人附和。

從晉到唐，陶淵明在一般人眼裏是個高雅曠達的隱逸人物。[1]愛讀書，特別是「異書」，一張素琴伴着南山秋菊，加深了他底「高趣」。就是詩，在晉朝人看來，主要的怕也不過點綴高趣而已。——他底詩他那個時代是不認識的，也許還不承認他是詩，至少不是他們眼裏所謂「詩」。這是一個非常近情理可能的推想，從陶徵士誄和淵明的傳記也就可以看出一點影子。

陶淵明死後一百年左右，人類沈於微寐的眼睛是看不見他的。昭明太子（他底生距離淵明去世七十四年）素來愛淵明底文章，不能釋手，他替陶集作序，才帶來一個新的消息，這是陶潛詩底黎明。他說：「淵明文章不羣，辭采精拔，跌宕昭彰，獨超衆類，抑揚爽朗，莫之與京，橫素波而傍流，干青雲而直上，語時事則指而可想，論懷抱則曠而且眞，加以貞志不休，安道守節，不以躬耕爲恥，不以無財爲病，自非大賢篤志，與道汚隆，孰能如此乎？」閃耀的識力確是發現了淵明。也揭露了他性情底奧祕，唐朝人最不了解的：「有疑淵明詩篇篇有酒，吾觀其意不在酒，寄酒爲迹者也。」

梁簡文帝（五〇三——五五一）和他哥哥一樣，是愛好淵明的，他自己狂熱地寫着淫麗的豔曲，奇怪的是卻不曾敗壞淸淡的口味（也許太膩了，正需要一點菠菜豆腐湯）。他常常將陶集放在几案上，隨時諷味。❷帝王和皇族所愛好的，不難想像，一定有不少的人爭着迎上這種口味，很快地就擴張爲風氣。到這個時候，陶淵明像一顆曙星開始在天空閃爍了。

在這裏我要補敍一件重要的事實，江淹（四四〇——五〇五）是從小就以一枝綵筆取得重名的詩人，他模擬陶詩。也就解釋淵明在文人眼裏昇高了。他擬作「種苗在東皋」混入陶集，幸運得很，竟瞞過了東坡先生底眼睛。

鍾嶸（？——五五二）對於淵明的批評奠定了一種有力的觀點，也引起後來不少爭論。「陶潛詩文體省淨，殆無長語，篤意眞古，辭興婉愜，每觀其文，想其人德。世歎其質直，至如『懽言酌春酒』，『日暮天無雲』，風華清靡，豈直爲『田家語』耶？古今隱逸詩人之宗也！」我們不該過分枉屈了這位先生，雖然他帶着他那個時代濃重的偏見，這段評論卻是洩漏了淵明詩底靈魂。

他所謂「田家語」是和口語比較接近的，跟矯飾雕鏤的語言相對，用這種語言表現「眞古」的意境，就形成「省淨殆無長語」的風格，恰好解釋了顏延之爲什麼說他「文取指達」。這給我們三個極有意義的啓示：

昭明太子以前，似乎是將淵明底詩看作正宗外的一種詩體，無足輕重的詩體。實在，淵明和這個時代的詩風懸隔太深了，他底價値不能被認識是一點也不奇怪的。我們看作者立即吐出了他底口供，也說明了他那個時代：「至如『懽言酌春酒』，『日暮天無雲』，風華清靡，豈直爲『田家語』耶？古今隱逸詩人之宗也！」那樣禁不住擊節嘆賞，只是因為這兩首詩「風華淸靡」。「風華淸靡」是那個時代詩底極則，也是欣賞批評的標準。陶淵明底詩在當時為什麼埋沒，他底解釋是「世嘆其『質直』」。

鍾嶸從淵明詩裏隱約看出一個消息：「每讀其文，想其人德」。我們彷彿從他底詩裏，看出那麼一個瀟瀟灑灑的人物坐在一片石上，金黃的菊花映照他漉過酒的葛巾，和斑白的鬢髮；鋤頭捎上肩膊，從多露的荒徑，帶回一片明月；獨自坐在窗子面前，一杯美酒，想像絮白雲飛昇。

顏延之說淵明是「南嶽之幽居者」，後來沈約送他進隱逸傳。而將他隱逸的身分與詩結合在一起，稱為「隱逸詩人」的，那是鍾嶸。這個觀念也就凝結為陶淵明一面重要的形象。

北齊陽休之從文詞批評淵明：「淵明之文辭采雖未優，而往往有奇絕異語，放逸之致，而棲託仍高。」「辭采未優」也就是鍾嶸說的「質直」，這種論調的源頭應上溯到顏延之，以後直至宋朝，陳師道還在檢點這宗舊案。昭明太子說過：「淵明文章不羣，辭采精拔，跌宕昭彰，獨超衆類，抑揚爽朗，莫之與京，橫素波而傍流，干青雲而直上。」陽休之像是有意給這段難捉摸的文字做簡明的詮釋：「往往有奇絕異語，放逸之致，而棲託仍高。」後來宋朝人就接着他作疏。

二

我們隨着虛白的紀錄飛越到唐朝。梁時江淹雖然擬過陶詩，影響還未展開，到唐朝就形成了「田園詩」一大宗派，直到現在，還不斷有牠底嗣音。沈德潛說的很好：「陶詩胸次浩然，而其中一段淵深樸茂不可到處，唐人祖述者：王右丞有其清腴，孟山人有其閒遠，儲太祝有其樸實，韋左司有其沖淡，柳儀曹有其峻潔，皆學焉而得其性之所近。」中唐以後，白香山學淵明，薛能鄭谷也學淵明。鄭谷的確非常有風致：「愛日滿階看古集，只應陶集是吾師。」少陵有好些詩和淵明神態很逼近，李白也有不少的句子可以看得出是規摹淵明的。陶淵明到這個時候，漸漸昇到天底中央了。

可是，唐朝人實在太不認識淵明了。蔡約之說：「淵明詩唐人絕無知其奧者」，這句話並不曾過火。顏延之說淵明「性樂酒德」，梁時有人懷疑他底詩「篇篇有酒」，這派論調到唐朝頓然增長了勢燄。王維、韋應物、白居易都認爲淵明懂得酒。「復值接輿醉，狂歌五柳前」，王維似乎是把五柳先生這個觀念跟狂歌的隱士和醉酒結合在一起；白居易說他「還以酒養眞」。彷彿在他們看來，陶淵明是個眞懂得酒味的隱士。

唐朝人怎樣批評他底詩呢？杜少陵說：「陶謝不枝梧，風雅共推激，紫燕自超詣，翠駮誰剪剔？」大約是說淵明底詩平淡，風骨高，用不到修琢。又在遣興裏論道：「陶潛避俗翁，未必能達道。觀其著詩集，頗亦恨枯槁。」他所謂「枯槁」，大約包含兩方面的意義：一是說他生活狹隘，一是說他底詩「質」「癯」。

假如他不含戲謔，或故作逆論，就未免太誤解淵明了。可是，誤解淵明，豈只少陵呢？韓昌黎說：「讀阮籍陶潛詩，知彼雖淹蹇不欲與世接，然不能平其心，或爲事物相感發，於是有託而逃。」這是他對於淵明的幻覺，遠遠的蒙着一層霧。彷彿心太粗糙，不能與淵明底精神接觸。

唐朝人實在太歪曲了淵明，豈只不認識而已。沈約提出淵明詩入宋只記甲子，以前都顯晉年號，到了唐朝，五臣將牠搬進文選注，才引動人好奇的眼睛，淵明「忠憤」這方面的人格就漸漸擴大了。顏眞卿感慨淋漓，一把拉住淵明做知己：「張良思報秦，龔勝恥事新，狙擊苦不就，舍己抱拖紳。嗚呼陶淵明，奕奕爲晉臣。自以公相後，每懷宗國屯。題詩庚子歲，自謂羲皇人，手持山海經，頭戴漉酒巾，興與孤雲遠，辨隨飛鳥沉。」[3]到宋朝，還虧得朱熹爲他壯聲勢：「讀之者足以識二公之心，而著君臣之義。」從此時起，「忠憤」也就凝爲淵明一面的形象。

昭明太子喚起一派淡青的曙光，陶淵明底影像就漸漸露出來，而四面飄着些微雲，牠還是在那裏閃爍，搖曳，浮動，變幻。此後有很長的時期，他底光輝相當黯淡，人們望着他，好像隔着一層霧似的。到了宋朝，微雲散了，天空澄碧，他底形象便漸漸明朗確定。

我們由淵明常常聯想起東坡，他愛淵明底詩，欣慕他底爲人，嘆服他底「絕識」。「淵明欲仕則仕，不以求之爲嫌；欲隱則隱，不以去之爲高；飢則扣門而求食，飽則雞黍以迎客；古今賢之，貴其眞也。」東坡指出這個眞字，寫活了淵明。他說淵明詩：「初視若散緩不收，反覆不已，乃識其奇趣。」淵明有些詩，造語組織初看彷彿不很經意，微覺「散緩不收」，他說出了許多人隱隱約約感覺得到，卻說不出的話。陽休之早看出陶詩「往往有奇絕異語，放逸之致」，而從「散緩」見出「奇趣」是東坡新的發現。

推崇淵明豈只是東坡，歐陽修說：「晉無文章，唯陶淵明歸去來辭而已。」王荊公在金陵時，做詩最喜歡用淵明詩底事，甚或有四韻全用牠的。以永叔和荊公在當時文壇和政治上的地位，這樣推崇淵明，我們可以想像會發生怎樣大的影響。

黃庭堅對於淵明更是極其推尊，他自己曾經向淵明挹取詩泉，這是非常奇異的事情。他說：「淵明詩不煩繩墨而自合，」只是寄意，不會顧到「俗人贊毁其工拙」。又說：「淵明不爲詩，寫其胸中之妙耳。」這就愈是透入玄祕了。詩意突然來襲，逼着詩人做夢似本能地寫下來，在這種夢遊狀態成功的詩確乎是有的；可是有時卻冥搜沈吟，靈感招喚不來。寫詩的怕誰都有這兩種不同的經驗，不過時代不同，個人習慣才性不同，程度有等差而已。山谷底詩用來解釋淵明一部分的詩是非常恰當的。

淵明常將詩伴着酒，有時隨意題幾句自娛。一面作爲朋友談笑的資料。④詩在他只是生活底一部分。「意不在酒，寄酒爲迹」，是對的；說他「意不在詩，寄詩爲迹」，也一樣正確。假如他轉入玄默後對於人間還有所希冀，那是已經落入虛空的事業，怕他不是想把一卷詩集長留給世界。

過去批評陶淵明的朱晦庵是個重要的人，他說：「淵明詩平淡，出於自然。」不妨用他自己底話來解釋：「淵明詩所以爲高，正在不待安排，胸中自然流出。」淵明詩所以能夠平淡，不僅在文字，還得從他底人格去探尋源頭，沈歸愚恰正說着了：「陶公胸次浩然，其詩天眞絕俗，當於語言意象外求之。」朱晦庵說淵明「欲有爲而不能」，更深地掘發了他底人格。他也看出了這強壯的洪流如何表現在詩裏：「韋蘇州詩直是自在，……陶卻是有力，但詩健而意閒。」他底語錄說得很好：「淵明詩人皆說平淡，某看他自豪放，但豪放得來不覺耳。其露本相者是詠荊軻一章，平淡底人如何說得出這種言語來？」

首先提出淵明思想問題的也是他。他以爲「靖節見趣，多是老子」，又說他

「旨出於老莊」。這話一出，可把眞西山駭的大聲疾呼：「以余觀之，淵明之學正自經術中來。」一把想塞住人口，立時挑出陶詩緊緊和孔老夫子、顏回拉在一起，捧出伯夷、叔齊作爲淵明理想的象徵。這慇懃的苦衷當然是可愛的囉，不幸是他和朱晦庵都不曾錯，也不全對，各說出了一點兒。眞西山苦心抗拒，遠不如陸九淵的勇決，他是衝上前去，一把拉緊，「淵明有志於吾道」。這些現象反映出來的意義是什麽呢？這個時候的陶淵明在人心裏已燦爛顯赫的昇到天空底中央了。㊄

從前的人很少做有系統成篇的論文，多只留下片段的思想，從那裏面不容易見出條貫來。有時他們也不曾將自己底意見完全說出，就這樣的材料推繹，很難避免沒有歪曲和誤解。我們小心地將上面那些細碎的花葉編綴起來，約略也就可以見出個輪廓：宋朝人認識淵明底人格遠比以前淸楚，對於他詩底技巧也比從前了解深得多，已經看出牠不同的風格（平淡，奇特，穠麗，豪放），和多方面的發展（感憤，譏諷，閒遠，恬澹），關於他底思想，此時還未周密地深刻考察，但大致已經看出他一部分的源頭：一是道家，一是儒家。

關於陶淵明的研究到宋朝已有了個綱領，明清兩代沒有什麼新的發展（元朝關於這方面的材料此時一點也找不着），我在這兒不必一一描寫牠們，只舉出幾個比較重要的也就夠了。

顧炎武在日知錄裏說過：「栗里之徵士淡然若忘於世，而感憤之懷有時不能自已，而微見其情者眞也。」還是舊案，不過他探進比較深的意識。黃文煥底意見是值得特別提出來的：「古今尊陶，統歸『平淡』，以『平淡』概陶，陶不得見也；析之以鍊字鍊章，字字奇奧，分合隱現，險峭多端，斯陶之手眼出矣。」就文字細細分析，比從前的人深刻多了。「鍾嶸品陶，徒曰隱逸之宗，以『隱逸』概陶，陶又不得見也；析之以憂時念亂，思扶晉衰，思抗晉禪，經濟熱腸，語藏本末，湧若海立，屹若劍飛，斯陶之心膽出矣。」他說淵明憂時念亂，情感熱烈，這是對的，我倒以爲「思扶晉衰，思抗晉禪」，更掘發了他底隱衷，這似乎有點煞風景，可是，美的想像無法否認這一方面也正是陶淵明。

清朝我只想提一提沈德潛，他說淵明是「六朝第一流人物，其詩所以獨步千古。」用人格解釋他底詩是以前的人很少注意的。白朗寧（Robert Browning）在雪萊與詩底藝術裏說：「我們接近詩，必須接近詩人底人格。」尤其陶淵明，詩和他底人格契合無間，或者說詩是他人格映照出來的一片幽輝，他底文字並非特別新奇，也許是比較簡單的，組織也沒有多的特別，也許更自然，而一放進詩裏，便有一段「淵深樸茂」的情趣，除了他光明峻潔的人格，我們還能尋出更好的解釋麽？

我已經描下陶淵明反映在人間形象的輪廓，不過那只是他底影子，不甚眞確，也不完全的影子，要了解他情思與藝術底發展，只有向他自己底作品裏去探尋。下面是我對於他底心靈很不完全的鳥瞰。

他三十歲以前的作品都不曾傳下來，我們構擬少年的淵明，只能從他後來的回憶。

「少學琴書，偶愛閒靜，開卷有得，便欣然忘食。見樹木交蔭，時鳥變聲，亦復懽然有喜。常言五六月中，北窗下臥，遇涼風暫至，自謂是羲皇上人。」（與子儼等疏）

我們幾乎誤認這就是壯年以後的陶淵明，小時候底感覺經驗常常支配人終生行為發展的方向，他後來「任真自得」的胸次，我們忽然在這兒發現一脈暗泉。

「少無適俗韻，性本愛邱山。誤落塵網中，一去三十年。……久在樊籠裏，復得返自然。」（歸園田居）

陶淵明常說「自然」（這個觀念形成他一生思想主要的骨幹），「自然」是莊子底思想，嵇康再三讚美自然，這影響是很明白的。奇怪的是這個思想從他外祖父孟嘉可以找到根源。⑥孟老先生是個蕭散放達的人物；淵明大部分的性情就像是從他摹寫下來的。

淵明說他「性本愛邱山」，愛自然是當時新發生的思想，牠在人心靈裏如何會起來的呢？道家思想，佛學，和道教神祕的觀念（尤其關於神仙的），對於魏晉疲於戰亂的人是可喜的解脫，他們蒼白的心靈隨着幽思玄想從地面學習飛昇，這夢遊的精神因為一種特殊機緣，和江南明麗的山水遇合，牠底靈魂就向那裏面浸進去，幻為空靈明澈的異境。自然是人類共同的家鄉，牠一向對人露出親密的顏色，好像永不會改變。魏晉時候的人窒息於政治霉爛的黑暗，厭倦了亂離和顛連，敏感的文人就悄悄蹓進自然底門，挹取一滴幽涼來撫慰自己底憂傷，他們底情感也就轉注入這幻想的世界，而從牠淵靜安謐的美的景象，得到一種內心神祕的喜悅。

他們底眼睛隨着轉向田園，實在，鄉村裏的人帶着健康的泥土的氣息，還不份太失去天眞，說他們醇厚吧，不錯，他們彼此有眞摯的溫情交融，這種空氣發出一種催眠似的力量，使騷亂的靈魂靜定。

淵明故鄉底雲山，對於他底詩和生活都發生了很大的影響，他底老家上京，據桑喬廬山紀事：「上京山當太湖濱，一峯獨秀，彭澤東西數百里，雲山煙靄，浩淼縈帶，皆列几席間，奇絕不可名狀。」這一片煙波縈繞在他童年的記憶裏，恍如一種清澈的呼喚，搖撼他內心底明波。他在外面時常沈吟反覆：「目倦川塗異，心念山澤居。」「聊且憑化遷，終返班生廬。」後來他解官回到家裏，才喘出一口長氣：「久在樊籠裏，復得返自然。」

「弱齡寄事外，委懷在琴書，……時來苟冥會，綏轡憩通衢。……眞想初在襟，誰謂形跡拘？」（始作鎭軍參軍經曲阿）

超然事外，不拘形跡，使我們聯想起他底父親，「淡焉虛止，寄跡風雲，冥玆慍喜」。淵明底性格有些地方跟他父親實在太酷肖了。

「少年罕人事，游好在六經。行行向不惑，淹留遂無成。」（飲酒）

他年青時候讀些什麽書是值得注意的，他對於六經的態度是「游好」，不像一般經生句訂恪守。

「憶我少壯時，無樂自欣豫。猛志逸四海，騫翮思遠翥。荏苒歲月頹，此心稍已去。」（雜詩）

你能想像陶淵明這迴然不同的一面：意氣飛揚，懷抱壯志？

「少時壯且厲，撫劍獨行游。誰言行游近？張掖至幽州。飢食首陽薇，渴飲易水流。」（擬古）

這個小英雄就是後來「忘懷得失」的五柳先生！我們眞難想到他從小卽具有一身「俠」骨，而這點奇異的東西直支配他一生（擬古「辭家夙嚴駕」，就說明他老年還充沛這種精神）。可是，這股洪流後來遇着荒寒的山峽，就蜿蜿蜒蜒走入開滿薇花的西山，成爲始終不安定的潛流。從這潛流傾注出壯健的生命力和太熱烈的情感，就度給他底詩不滅的光焰。

文化像一杯溶液，所有的分子交融而變爲一種化合物，呈現出新的性質。嚴格說，他是不能剔分的，每個分子都失去自己一部分原有的性質，都從外面接受了新的生命。人就在這樣的溶液裏面游泳，誰能說身上絲毫不害染牠？那怕是一點半滴，也就包含整個的文化，不能說純粹是那一家、那一派底思想。接受後，經過一番鎔鑄，便產生一種新的性質，既不同接受進去時的溶液，更不是原來那一家、那一派了，什麼都不是，牠只是一種特殊的、新的東西。拚命爭持陶淵明是儒家，是道家，「可憐無補費精神」！

生命是件奇異的東西，包含着難以相容的矛盾和無窮的變異，不斷地否定，絕望，再生。要想詳盡解釋陶淵明底思想，是吃力不討好的事情，我們卻不妨大約這樣說：他是接受了儒家持己嚴正和憂勤自任的精神，追慕老莊淸靜自然的境界（卻並不走入頽唐玄虛），也染了點佛家底空觀、慈愛與同情，⑦奇怪的是他也兼容游俠的精神。他底思想和一生底路徑小時候就大致已經奠定，雖然他以後似乎是不斷地在那裏變。

陶淵明底精神永遠是積極的，他在當前景況與意志慾望的衝突裏不斷痛苦掙扎，他懂得順任自然，而由於他宏遠的懷抱，和太強壯的生命力，終於不曾斷念逃出這個世界。

「結髮念善事，僶俛六九年。弱冠逢世阻，始室喪其偏。」（怨詩楚調示龐主簿鄧治中）

這時候淵明已經五十四歲，他還在勉強奮鬥，可是熱情孤憤終竟不能挽回快坍塌的世界呵！我們聽到遠處一種深沈而悲涼的聲音：

「試酌百情遠，重觴忽忘天。天豈去此哉，任眞無所先。自我抱茲獨，僶俛四十年。形骸久已化，心在復何言？」（連雨夜飲）

他漸漸轉入沈冥玄默：

「總髮抱孤介，奄出四十年。形跡憑化往，靈府長獨閒。」（庚申歲六月遇火）

「目送回舟遠，情隨萬化遺。」（於王撫軍座送客）

而他並不就全然墮入虛冥，他還燃燒着不滅的希望。憮然歎息：「總角聞道，白首無成」，壯厲之氣又回到他衰白的靈魂，於是發出毅決的聲音：

「四十無聞，斯不足畏！脂我名車，策我名馬，千里雖遙，孰敢不至？」（榮木）

壯氣雖然回來，畢竟是不能長住的，他底眼睛打開，驚失於一片幽暗，冥思就將他浮到幻想的世界。

「愚生三季後，慨然念黃虞。」

「遙遙望白雲，懷古一何深！」

他想像自己是羲皇上人，精神飛越入太古幻美的靈界。⑧

淵明晚年在自然裏構築起一座仙境，從酒裏尋找另一片幽渺的天地，他底幻想望着唐虞的幽光飛昇，桃花源就是這樣一個理想的靈境。那裏面的社會形態多是從老莊摭取來，染了一點兒神仙的思想。

淵明確乎有神仙思想（可不曾辱沒詩人），我這話不是沒有根柢的。顏延之說他「心好異書」，這「異書」大約多少與神怪有關係，他自己也說過：「汎覽周王傳，流觀山海圖。」讀山海經其中好些是遊仙詩，搜神後記相傳是他做的，現在有些人還相信其中一部分是他做的，這更是有力的證據了。我們底好奇心卻要問他對於神仙的態度如何呢？我想，他是愛好，欣賞，卻非眞相信神仙。⑨說他藉神仙詠懷，當然也不錯，但不如這樣說，他是用神仙思想構成美幻的靈境，寄託他無依的心所包含的殘夢與哀愁。

避亂的念頭常在他靈府裏低徊。桃花源詩：「嬴氏亂天紀，賢者避其世。黄綺之商山，伊人亦云逝。」黄綺就是他想追從的朋友。⑩他底精神始終是積極的，所以避世。他在給他兒子的信裏委婉地解釋他自己底隱衷：「性剛才拙，與時多忤，自量為己，必貽俗患；僶俛辭世。」他雖然退到田園，可並不曾逃出這個世界。陰影落到這老人心上時，他吐露出悲憤，豪俠的肝膽並不曾化爲冰雪，有時還激動他衰白的頭髮。

沈約在宋書裏說淵明「自以曾祖晉世宰輔，恥復屈身異代。自高祖王業漸隆，不復出仕」。這種論調到唐朝回聲就相當熱鬧，後來似乎已經被公認了。最近才有人做漂亮的翻案文章，說淵明是看見時勢無可挽回，才隱居不出，「如果以為他在爭什麼姓司馬的，姓劉的，未免小看了他」。說淵明看清了時勢，才退隱不出，確乎不錯，可是，若說他對於政柄的轉移能够那樣超然事外，就未免是以千多年後的民主精神衡量古代專制朝廷裏的貴族，眞是太聰明了！中國一向的讀書人生來就是政治的工具，君主是國家底重心，羣臣和他戴着同一個命運，因此忠於朝廷的觀念就在從前讀書人心裏紥了根，「窮年憂黎元，嘆息腸內熱，」眼光由朝廷伸展到民衆，而寄與深厚的同情，這思想在文學裏造成一種風氣，似乎是盛唐以後的事。陶淵明一向被認為是「忘懷得失」的高人，「逸鶴任風，閒鷗忘海」，這微妙的比喻當然是不錯的，而從另一面看，他卻是忠於朝廷的貴族。誰也不能完全跳出他底環境和時代，這原沒有什麽稀奇，何況淵明他自己家裏和母家累代都做晉朝的大官，⑪他對於晉朝自然會發生深切的情感。如果我可以用這樣的比喻，就像是鳥對於一個共榮共存的巢似的（擬古「仲春遘時雨」恰正藉燕子抒寫對於故國的睠戀），劉豫劫去皇冠，他哪能沒有隱痛（他自己底詩就是證明）？何況淵明是從小就猛志橫逸四海，比別人特別多長了一點俠氣的，「睠戀故國，疾視新朝」，原是太自然，絲毫沒有什麽稀奇！

可是，淵明並非永遠侷促在那個小圈子裏，當他精神與自然冥合時，靈府裏不再有世界，何況那風雨穿透、頹毀了的孤殿？他回到田園，恍若飄入青冥，在想像的藍海裏追尋璀璨的遠夢，隨後悠然飄下光明而寧靜的聲音：「俯仰終宇宙，不樂復何如？」

【附註】

❶顏延之陶徵士誄說他是「南嶽之幽居者」，後來詩品說他是「隱逸詩人之宗」，宋書、晉書、南史邀淵明入隱逸傳，蓮社高賢傳也收進這位不曾列籍的社友。

❷顏之推家訓：「劉孝綽當時既有盛名，無所與讓，唯服謝朓，常以謝集置几案間，動靜輒諷味。簡文愛陶淵明文，亦復如此。」

❸困學紀聞。

❹陶淵明創作的態度：

(一)「春秋多佳日，登高賦新詩。」(移居)

(二)「臨清流而賦詩。」(歸去來辭)

(三)「常著文章自娛，頗示己志，忘懷得失，以此自終。」(五柳先生傳)

「銜觴賦詩，以樂其志，無懷氏之民歟？葛天氏之民歟？」(仝上)

(四)「余閒居寡歡，兼比夜已長，偶有名酒，無夕不飲，顧影獨盡，忽焉復醉；既醉之後，輒題數句自娛。紙墨遂多，語無倫次，聊命故人書之，以爲歡笑爾。」(飲酒詩序)

❺摘錄幾條當時人的批評，可以見出個梗概。

僧思悅說：「先生(淵明)之詩，風致孤邁，蹈厲淳深，又非晉宋間作者所能造也。」

東坡說：「淵明作詩不多，然質而實綺，癯而實腴，自曹劉鮑謝李杜諸人皆不及也。」

黃山谷說：「謝康樂、庾義城之詩，鑪錘之功，不遺餘力，然未能窺彭澤數仞之牆。」

眞西山說：「淵明之作宜自爲一編，以附於三百篇楚辭之後，爲詩之基本準則。」

⑥陶淵明晉故征西大將軍長史孟府君傳：「府君自總髮至於知命，行不苟合，言無夸矜，未嘗有喜慍之容。好飲酒，逾多不亂，至於任懷得意，融然遠寄，傍若無人。溫嘗問君，『酒何好？而卿嗜之？』君笑而答之曰：『明公但不得酒中趣爾。』又問，『聽妓不如竹，竹不如肉？』答曰，『漸近自然。』」

⑦淵明作品裏沒有鮮明的佛的色彩，但他實在受了佛學的影響：

(一)魏晉時佛學助長了新人生觀與浪漫思想的發展，淵明無形中也就會接受了一點那種空氣。

(二)當時佛學與道教在社會流佈時，有點兒混和，淵明有遊仙詩，顯然接受了一部分道教底思想，怕也就染了一點佛的觀念。

(三)就算是攢眉辭蓮社的記載可靠，但他無形中接受了那種思想，卻不願接受形式的約束，何嘗不可能？尤其是淵明那樣的性格。

⑧挑引陶淵明欣往的古代社會正是老莊思想底幻境，自然也經過淵明想像底鎔裁。歸去來辭，「帝鄉不可期」，「帝鄉」這個觀念從莊子來：「華封人謂堯曰，『乘彼白雲，至於帝鄉。』」那是

古代幻美的象徵，也就是五柳先生傳所玄想「無懷氏」「葛天氏」底世界。

⑨陶淵明詩：「即事如已高，何必升華嵩？」「世間有松喬，於今定何間？」可略略看出他非眞眞相信神仙。「故老贈余酒，乃言飲得仙。」當時神仙思想怕是平常的事（也許是一種美的想像），並不像後來認爲荒誕。

⑩桃花源詩：「黃綺之商山，伊人亦云逝。……願言躡淸風，高舉尋吾契。」線索分明可尋。飲酒也說世界是非顚倒，他自己「且當從黃綺」。

⑪淵明父親祖父都做過太守，官不算小，有人說陶侃不是他的曾祖，那就姑且不說；再看他母親家裏，他外祖父孟嘉是晉征西大將軍長史，孟嘉底曾祖父做過司空，祖父是廬陵太守。

陶淵明四言詩論

一般人喜歡陶淵明，大抵是着重他底五言詩，批評的也是攏統說，很少特別指出他底四言詩來。他底四言詩價值究竟如何呢？這樣問也許會有人驚訝，因爲從宋以來對於陶淵明都是一味恭維，然而在你享受他底詩後，細心分析牠，大約不能不承認四言詩在淵明底作品裏不甚重要的，成就遠不如他底五言詩高。

一種文體需要長時期的醞釀、滋長，然後綻出奇葩。（幸運的作家就剛趁上花快露面的時候，後來的花時已過去，如其仍迷戀着那奇異的香澤，就只好在那棵樹上養幾朵伶仃瘦小的晚花了。）沒有過去無量數的人不斷努力，絕不會一朝就結成豐美的果實；而那種文體有最高作品出現時，那最高的作品便放散出一種氣氛，籠罩着那個園地，以後就不能有更遠的發展了。

所謂傳統，不只是技巧的流派，而且是神情（mood）與態度（manner）的流派。作家離不開牠，就如植物不能脫離土地。做四言詩的人沒有不向詩經取得營養的，陶淵明底四言詩也是從詩經導引出來，樂府詩的影響是極少極少的。只在其中兩三篇裏的明白生動一方面見出輕微的痕迹，恐怕還是和建安以來的四言詩關係稍稍深一點，尤其是曹子建。而停雲和歸鳥露出一種新俊的氣息，和嵇康底四言詩有近似的地方，特別是牠們都創造出一種新的旋律。楚辭底泉流不甚顯著，而玄言詩底影響就只在說理一方面。

除了勸農、命子、歸鳥和酬丁柴桑，其餘的都有序，就告訴我們牠是學詩經。序中「停雲，思親友也」，「時運，游暮春也」，更顯然證明了牠們底血統是屬於詩經底嫡系。淵明四言詩最顯明的特徵，一是多用比興，一是多複沓，這也是詩經底特質，正好說明牠底淵源。停雲、榮木等篇用比興，時運、歸鳥、榮木、停雲都取複沓的組織，而最整齊的是歸鳥，這種技巧在他底詩裏都能產生良好的效果。若略微分析，榮木、命子、勸農、答龐參事、酬丁柴桑、贈長沙公六篇接近雅底氣氛較多，停雲、時運、歸鳥就和風比較接近。

風格其實就在包含觀念的一種字句形式裏，而它就是心靈底姿態。陶淵明四言詩句底形式多是汲取詩經底，每句包含一個簡單的句子，變化很少，語言（辭彙）典雅凝重，大都也從詩經來。他底五言詩卻是用近乎說話的「田家語」，和樂府詩比較接近些。文字和句底形式就注定了牠們底生命與不同的風格。四言詩中有好幾首用了不少詩經現成的句子，或略略將形式和意思變動。答龐參軍只是將詩經底文詞變花樣，抄襲現成句子之多，幾乎使人疑心他是在那裏集句。

「崇高（sublimity）就是優異而說不出完美的辭句（phrase），最偉大的詩人和散文家除用牠取得第一流的地位，緊握住永恆的聲譽，再沒有別的方法。」

龍磯亞士（Longinus）這一段話，可以作為一個標準，用來衡量作家，或窺測時代文學的升降。我們看看陶淵明吧，他底四言簡直不會創造新的語句，新的意象，只抄襲詩經現成的，或稍稍改變牠底句子，這是牠最嚴重的弱點。那裏面用疊字形容詞異常的多，也從詩經裏來。這種形容詞居多是以聲音暗示思想或情調（意義方面的效用比較少，形底關係更不容易見出），牠在詩經裏，怕是音樂的價值更被看重些。凡洛莉在詩裏這樣說過：「每人底發音與成語的引用，在文字裏發生了許多不可避免的迷離與不定的意義來，因而傳達上便生出許多誤解。」何況着重音樂性抽象的形容詞？誰都引用，雖然在詩裏各有不同的效力，究竟不容易表現出自己特殊的感覺與情思。

為什麽他不會創造新的語句、新的意象呢？一是由於四言詩傳統空氣的限制，一是襲用詩經的句法與語言。這些都絆勒住他底思想在舊的圈子裏轉，難能有新的表現。

這就帶給我們另一個問題，詩句底長短隨着語言發展，時間不住地流走，人類的情感與思想隨着生活一天天複雜，語言因之更流利婉轉，詩句就增長了。字句底長短產生兩種不同的效果：一是音韻的，一是意義的。舊詩多半是兩個字構成一個音節，也就構成一個情感的單位。四言詩裏每句恰好是兩個音節，整整齊齊，聲調易流於平板、凝重、單調；每句剛容納兩個辭，形式難有變化，也不容易表現優婉、比較多的意思。詩發展到五言，才達到完美的形式，雖然只多了一個字，聲調就容易委婉變化，可以接受高一點的音樂意境；（聞一多先生論詩與音樂說得很好：四言詩大部分是鼓的音節，五言詩就漸漸由鼓發展到絲竹，由節奏漸漸發展到旋律。）雖然只多了一個字，句底形式就可以生出許多不同的姿態，意義包含比較多，也容易曲折婉轉。

四言詩到三百篇，路程已經走過，雖然還有些人愛那片夕陽，終竟是黃昏了。東漢魏晉是五言詩的時期，這新的形式用來敘事抒情，或是描寫物態，都比

較親切詳著，這個時候做四言詩的人已經漸漸少了。❶

一種內容在不同的形式裏表現出來，不但量有不同，質也有很大的改變，現在有些人寫新詩，意境是西洋詩底，而做舊詩或塡起詞來，就完全被舊詩詞底氣氛包圍，頓然對「芳草」「斷腸」了。陶淵明底四言詩居多是接受四言詩裏雅底氣氛，國風底影響較少，他一走進這幢古老陰黯的屋子，在年青的五言詩裏發揚着的創造能力彷彿就消沈了，除了停雲、歸鳥和時運，其餘六首意境和文詞都是因襲詩經底，缺乏新鮮和力量，尤其是獨創的力量。

「昔我云別，倉庚載鳴；今我過之，霰雪飄零。」

除了把「昔我往矣，楊柳依依；今我來思，雨雪霏霏，」重抄一遍，我不知道是否還有別的意義。

答龐參軍這樣開始：

「衡門之下，有琴有書，載彈載詠，爰得我娛。豈無他好？樂是幽居！」

只是把陳風衡門底「衡門之下，可以棲遲，泌之洋洋，可以樂饑。」略微改裝拉長而已。

他有兩篇答龐參軍，一是四言，一是五言，作的年月相去不遠，雖然興會不必相同，不能就拿這兩篇說明他所表現兩種詩體底優劣，將牠們對比一下，卻是有意思的事情，約略可以看出這裏面的消息。

可是牠並非全然沒有新創的意象呵。「競用新好，以招余情」。五柳先生彷彿忘記了那是樹，也忘記了他和樹底距離，覺得牠們在用新的聲音召喚他自己底情感。這「同物之境」詩經裏固然沒有，魏晉以前其他的作品裏也不容易遇見。「飧勝如歸，聆善若始」，比喻非常新鮮。「逸虯遶雲，奔鯨駭流」，那樣奇適幽麗，就直像招魂。特別是「翩翩歸鳥，息我庭柯，斂翮閒止，好聲相和」。輕淡地畫出了鳥活動的神態，一片清明的閒情浸潤着牠們素樸的靈魂。「有風自南，翼彼新苗。」我們彷彿看見綠苗在南風裏，像鳥兒一樣，欣欣然招動牠們底翅膀。比之「微雨從東來，好風與之俱，」絲毫也不弱。好像是自然投在詩人筆下，染着崇高的靈性，熠耀想像的光輝而露出來。後面這兩個例子自然微妙，走進了他五言詩底祕奧。

在四言詩裏，淵明似乎不會找到他自己特有的韻律（personal and individual rhythm）。韻律是內心底音樂，或者說是情感（觀念）自然的波動。瑞洽慈（I. A. Richards）在生命底控制裏說：「韻律不是玩弄音節，而且反映作者底人格，……詩中動人的韻律只是發生於眞正被感動的波動中；並且對於韻律的整理，它比起其他夠東西更是一種微妙的索引。」❷詩人都要尋找、創造新的聲音（new notes）和新的音調（new tunes）。「在詩裏，新的音調表示新的觀念。」大詩人底韻律都是有獨創和個性的，更重要的分別是在音底調子（tone）。李白和杜甫底詩音韻不同，葉芝（Yeats）和梅司斐爾（John Masefield）也各有一種精神在詩裏流露。富有個性的韻律就造成特殊不同的風格。陶淵明底四言詩除了停雲、歸鳥和時運，牠底音節還沒有脫離詩經，肅穆典重，和雅接近，連國風都不像。

韻律和牠所附屬的文字不能分離，四言詩音節尚凝重，不很適於表現和平沖淡的意境；五言詩尚安恬，淵明底情思在那裏才找到了最好的形式。

自然，他底四言詩也不全是摹寫三百篇底節奏，歸鳥、時運、停雲帶來了一種新異的聲音，尤其是停雲，那不再是平坦、單調、迫促的節奏，而是清細、婉轉、纏綿、流利、含有魔力的旋律了。每個字都帶着迴環的聲音，像一縷一縷的幽香噴出，就只那片音樂，已夠度給人迷茫悱惻的情調了。就這方面說，牠是優婉微妙，超過了淵明大部分的五言詩。

二

若將他底四言詩和五言詩比較，可以看出這兩種詩體底性質和牠們所表現出來藝術底高低。

他底四言詩不會造語，這個弱點，使牠失去大部分的生命和力量。眞也就奇怪，在五言詩裏，他偏最會創造新的語句和意象，這就使牠緊緊握住不朽的榮譽。要舉這樣的例子，隨手拈來就是：

「伊余懷人，欣德孜孜。我有旨酒，與汝樂之。乃陳好言，乃著新詩。一日不見，如何不思？」

而五言詩：

「春秋多佳日，登高賦新詩。過門更相呼，有酒斟酌之。農務各自歸，閑暇輒相思。相思則披衣，言笑無厭時。」

同是寫離別的情緒：

「嘉游未斁，逝將離分。送爾於路，銜觴無欣。」

「依依舊楚，邈邈西雲。之子之遠，良話曷聞？」

而五言詩：

「游好非久長，一遇盡慇懃。信宿酬淸話，益復知爲親。」

「寒氣冒山澤，游雲倏無依。洲渚四緬邈，雲水互乖違。」

從這些例子，誰都可以看出五言詩所表現的詳切著明，充沛新鮮的活力；而四言詩像是有好些意思不曾完全達出，甚或泛泛的近於習套。

一種好的作品都有牠自己底精神姿容，正如一朵一朵薔薇各有不同的香澤，各呈露出自己優美的姿態。淵明底四言詩除了停雲歸鳥創造出一種新的意境，其餘的就像是陰沈古舊的屋子，沒有一點新鮮的生意。從藝術的觀點看，時運實在不高，如「洋洋平陸，乃漱乃濯。邈邈遐景，載欣載矚。」非常拙笨，也太直率。可是，牠卻透露出一點新的精神：清和婉轉的音節，和他個性特殊的魔力(personal charm of his character)，略略接近他底五言詩。

個性特殊的魔力恰好道着了淵明底五言詩，他在五言詩裏表現出顯明的個性，我們彷彿看見他從荒徑裏緩緩走來，籬邊照耀着幾株菊花，南山淺藍融入胸臆；彷彿看見他坐在東窗下，持着一盞春酒，八荒昏朦，薄寒浸進來，他底手微微戰慄，隱約聽到他底嘆息。在他底四言詩裏卻不甚能發現「任眞自得」，不願留下姓氏在人間的那位五柳先生。穿起古裝來，學着從前的姿態跳舞，多少會妨礙性情底表現，我對於淵明底四言詩也有這樣的感覺。

他底四言詩不僅不曾表現出他底個性，也限制他抒寫某種題材。陶淵明和自然一向是交融在我們的觀念裏，但那是由於他底五言詩，他底四言詩很少寫自然（「田園」底意義太狹窄）。除了我舉過的例子，四言中這類的詩也就沒有什麽成功的。

「花藥分列，林竹翳如。」

意象太簡單，表現不出特殊的感覺。

「山滌餘靄，宇曖微霄。」

若有深遠的含蘊，當然意象不妨朦朧一點，也不一定多刻畫，而「山滌餘靄」只是說山清朗無雲，見不出悠深的意境，也沒有生動的姿態。而他底五言詩：

「露凝無游氛，天高風景澈。陵岑聳逸峯，遙瞻皆奇絕。」

晶明的秋氣裏湧出一些山嶺，飄逸神奇！詩情化爲霜白的快刀，把活的秋光剪到微黃的書卷上來。「山滌餘靄」我們還能感覺出一點春暖欲晴的氣象，「宇曖微霄」就簡直是曖昧了。其實，也就是「曖曖遠人村，依依墟里煙」那樣的光景（如陶澍所說），那裏面卻像是缺少一點什麼東西。

詩人不一定有意說教，他卻能敲亮靈魂幽暗的門，說理的詩如其帶着趣味和情感，透過詩人底經驗而表現出來，也能造成智光璀璨的靈境。詩究竟是在教訓人或給人快樂？是一向爭訟不決的問題。其實詩不但包含教訓與娛樂，同時也有感染的力量。理智（思想）和情感在文學裏儘可以並肩發展，並非不能相容的，牠們是相依相違，卻又相成。快樂和教訓也不能嚴格劃分，隨着詩情底羽翼，我們飛入奇異、廣大，比現實更美更眞的宇宙，在滿足的快樂裏，便也包含啓迪的作用了。但又不僅感動而已，眞正偉大的詩，讀過之後，必發生一種「永久的變化」，如瑞洽慈所說的，「我們易於感應的每個人，對於各種刺激之集合有如何適合（好的或壞的）之可能性之變化。」❸自然，有力量能使人發生這樣深刻變化的詩確乎太少了。

現在讓我們回到陶淵明底詩吧，我想藉榮木作爲個例子，來解釋他四言詩和五言詩中說理的問題。「詩像一張有翅膀的琴」，他可以藉意境與音樂的兩翼帶着人（不知不覺的）飛昇。如其說理，牠就將思想點化成感覺，變幻爲境界，使讀者自然而然被牠底美所吸引、攝住，凝神靜慮，終於忘掉了牠底美，忘掉了牠底用心，忘掉了自己，是一個「神聖的夢」。赫伯爾（Triedrich Hebbel）說過一句微妙的話：「詩人猶如牧師，喝的是神聖的血，而全世界都感着神的存在。」❹恰正可移來解釋這個觀念。

榮木我不能不說牠是一首壞詩，陶淵明底心靈是各種思想與錯綜複雜情感的大匯流（當然也不只他如此）。憂勤自任的思想興起時，受玄言詩和詩經格調、空氣的支配，就擴大了，別方面的性質因而隱沒。自然，詩可以只是一刹那的情思或感覺，不一定表現全部人格，我底意思是說明他這種思想是眞實的，不過他底表現受了範制，不免「平典似道德論」而已。

首先用榮木比喻人生的短促，沒有什麽生動的力量，末尾像是死命在那裏掙扎，卻更顯出空虛的軟弱，中間就堆砌一串一串粗糙抽象的觀念。

「貞脆由人，禍福無門。匪道曷依？匪善奚敦？」

「先師遺訓，余豈云墜？四十無聞，斯不足畏！」

文字後面沒有情感和趣味的波動，也不曾透過感覺，用美的形象呈露出來，牠只是一串一串粗糙的觀念。

他在四言詩中說理的嘗試是異常失敗的，裏面搖曳着玄言詩的陰影。這不是牠底才能不夠，而是這種詩體底語言形式和傳統的空氣限制了他底才能。他底哲理在五言詩才得到充分完美的表現。

陶淵明幽默的天才在中國詩人裏是發展最早而且最高的一個。幽默要是眞理底孩子，由善的崇高的心所包含的智慧與快樂結合而產生的，他底五言詩就有這優美的品質，你讀着的時候，心裏自然而然流露出微笑，輕鬆而嚴肅。這種幽默的趣味在他以前的詩裏是極少遇見的，在他自己莊重嚴肅的四言詩裏也收斂起牠的踪跡。

「悠悠我祖，爰自陶唐。邈爲虞賓，歷世重光。御龍勤夏，豕韋翼商。穆穆司徒，厥族以昌。」

命子頭五章都用這樣深奧的字眼，聲調艱澀。那種「典重肅穆」的姿態是有意追摹大雅。這實在就是四言詩底「常格」，淵明的四言詩就接受這樣一種氣氛。「肅矣我祖」是個轉捩點，像是大祭完畢，安步跨出廟堂，這才喘過一口氣，覺得遍身輕鬆了一點。

「厲夜生子，遽而求火。[5]凡百有心，奚特於我。既見其生，實欲其可。人亦有言，斯情無假。」

開始是那樣嚴肅，幾乎窒死心跳，到這裏忽然破顏跟兒子開起玩笑來，使這裏面空氣顯得異常不調和。怕他首先原沒有那麼嚴重的教訓，而是受了大雅底影響，才不由不擺出「雅穆」的神態來。可是眞的性情雖然隱沒，牠還會露面的，而這輕鬆戲謔的情調在這裏面就顯得奇怪地不和諧。他底四言詩居多接受雅底氣氛，而雅是「典重肅穆」的，最不適於表現幽默的情趣。如果將這篇和他底五言詩責子比較：就可以看出，在四言詩裏，他詼諧慈祥的個性幾乎完全消失於「安雅」的氛圍，偶然流露，就破壞了詩底統一。

三

我幾次提到時運，自然，這不是什麼好詩，不過，除了停雲和歸鳥，這還算

比較好的了。而像

「稱心而言，人亦易足。揮玆一觴，陶然自樂。」

我們感覺牠直率僵硬，哪裏有點新的活力？

酬丁柴桑單調直率，稀薄的情感浮在平泛的語言上，句法意境都沒有新的表現。贈長沙公是不得已應酬之作，眞替他耽心這樣牽強的話太不容易說下去。勸農就是懷古田舍所說的，「秉耒歡時務，解顏勸農人，」不過，仍舊承受雅與玄言詩底影響，笑顏因而掩去了大半。

九首詩中最好的當然要推停雲和歸鳥。「停雲」使我想起徐幹底「浮雲何洋洋，願因通我詞。逍遙不可寄，徙倚徒相思。」而延佇的雲是新的象徵。情感像微雲流過柔藍的天空，要追摹牠底跡象，就如在月光下搜尋瀑布映在石壁上清微的影子，用文字把那個影子描下來，（文字是多麼殘缺的符號！）保留的已極有限，讀者底經驗興趣和詩人不盡相同，於是詩一部分歪曲，一部分湮滅，一部分不自覺地擴大，眞正詩人底情緒讀者所能共感的，不就像幾縷夢底游絲了麽？因此詩特別講暗示，重言外的神韻，不專求表現，而在使讀者就有限的文字塡滿無窮的虛白。詩像是一縷微微的風，在你心上輕輕一扇，便生起鱗鱗的綠波，使你感覺天地全染滿了春色。比興和象徵底作用也就把情思底暈圍擴大到無限，用微弱的文字達到無言的境域。

停雲，如說是用比興，那牠是渾融到一點不見痕迹。每一章牠都用情調相合或相反的景物，與自己底心情「對照」「烘托」，因而加強了詩情底色調和濃度。停雲在四言詩底世界裏，構築起一座新的異境，和牠以前任何作品比較，牠一點不愧是最微妙、最完美的，以後就再沒有人繼起。特別是牠和平淵靜的旋律達到高遠的絕境，以前的四言詩是否曾產生過這樣神異的音樂，我還不曾發現，在其後的四言詩裏牠簡直成了高山絕響。

詩裏面每一個字都帶着迴蕩的聲音，造成一種迴蕩的旋律，每一字，每一句都在那裏迴旋、閃動，環繞着朦朧的情致，隱約地露出一點清暉。這旋律大都建築在「勻稱」和「重疊」上，每一章裏你都聽到一種和美的聲音低徊、反覆。特別是頭兩章前面四句只略微將文字顛倒改變，就造成一種回聲的韻律（echoing rhythm）。加上「靄靄」、「濛濛」、「雲」「昏」這些朦朧低沉字音的繚繞、反覆，因而昇起一種氣氛，蘊涵着迷濛的雲水煙靄。

若就詩底結構看，他是一捲一捲迴旋的波浪，頭兩章文字改變不多。後兩章改變雖然多一點，用意和文字底安排依然沒有兩樣，而字眼和意象經過重新組合，便帶了新的關係，新的意義，產生了新的效力。每一章都是新的開始，像一朵浪花催促一朵浪花，細粼粼地捲到遠處去。音調邈綿，像低緩的古琴在那裏嬝娜，溫柔的情感便隨着低徊、蕩漾。

詩裏描出一幅圖畫：就在東軒裏（你在窗子外面就望得見），一個白髮的老詩人悠然地舉起杯來，忽又放下，搔頭望着遠方。

這首詩底設境湊巧恰像鄭風底風雨：

「風雨淒淒，雞鳴喈喈。既見君子，云胡不夷？」

風雨每章僅僅改換幾個字，節奏是單調的，意義也太簡單，牠還要藉助音樂，才能恰當地產生動人的效果，也就是說，牠還不能脫離音樂自成優良的文學作品，停雲僅僅文字底意義就已達到高遠的意境。

停雲頭兩章沒有高亢的音節，沒有強烈的意象，眞超詣入極高的和諧靜美。在那恍惚如夢的音樂裏，你心裏蒙着一味迷迷茫茫的感覺不是？到了

「東園之樹，枝條載榮。競用新好，以招余情。」

溫暖的淸暉落在綠枝和花上微微閃爍。「八表同昏，平陸成江」，隱含對於亂離的悲感。而「競用新好，以招余情」，是詩人忘掉自己，精神和自然交融的境界。並不像批評的人所說，這裏面包含什麼諷刺——論詩而忘掉詩人底心靈，或過分

拘泥尋求他底用心，都永遠接觸不到詩底眞諦。

「翩翩飛鳥，息我庭柯。斂翮閒止，好聲相和。豈無他人？念子實多。願言不獲，抱恨如何？」

音節轉到盈盈靈動，天空飄下幾隻飛鳥，落在庭樹上唱和，牠們度給淵明深摯的情感，就像是「衆鳥欣有託，吾亦愛吾廬」。

歸鳥是詩人自己底象徵。用「鳥」作比喻，也許受了莊子逍遙遊底暗示，莊子裏乘風壯飛的大鵬和淵明放逸那方面的性格恰好相應，也正因爲如此，所以他不忘淑世，而終能超世。歸鳥使我們聯想起屈原：橘頌是他少年時候理想的象徵，橘樹軒昂，獨立明媚的南國；歸鳥就是淵明底化身，幽姿儁影，獨往獨來。歸鳥也許是受了離騷底暗示，牠們有不少契合的地方：豈特布局設境，就連措辭也太相近了。象徵的方法，是從屈原才大量而且極圓熟地使用，以前不容易見到，其後用的人不多，因爲採取這種手法，而聯想起屈原，是太自然不過的。淵明常回到古代尋找他底同調，由於性情和處境有共通之點，在「僶俛辭世」的時候，感到古代曾經籠在跟自己相似命運裏的人，因而聯想起他的作品，更是非常近情理。何況淵明的五言詩裏有屈原影響，四言詩也可尋出一些踪跡？如果將離騷和歸鳥對比，淵明底性格與歸鳥底價值更可以看得淸楚些。

歸鳥含有淵明博大的愛和同情，崇高的意志想使昏暗的世界有個好轉，他不斷地苦惱、奮鬥、掙扎，在對於當前景況深澈覺悟之後，歸終走上養性全眞的幽徑，而他對於這個世界是夷猶、躊躇、依戀，一步一回頭，歸鳥純粹運用象徵的方法，詩境那樣深遠，詩意那樣綿密，詩義那樣玄妙，在四言詩裏從前不曾見，以後再沒有繼起。

歸鳥也就寫出了淵明底一生。從那裏面我們可以尋繹出他情思底眞諦，和行爲轉變的絲跡。若用一句話解釋這篇詩意，不妨說，「僶俛辭世。」

每章都用「翼翼歸鳥」開始，這不僅染濃了詩底情調，也留下了歸鳥遲遲飛颺的形象。

歸鳥裏象徵的意義從淵明其他的作品都可以尋出映照，也就可以互相解釋，而眞義更容易顯出。⑥歸鳥雖然短，卻包含離騷深遠宏偉的意境。「晨去於林，遠之八表，」猶如屈原上天漫地周流。「和風弗洽」，就像是屈原遇讒見疏。歸去來辭序：「悵然慷慨，深媿平生之志，」可以移來說明這裏所謂「翩翩求心」。

「雖不懷游，見林情依。遇雲頡頏，相鳴而歸。」

彷彿離騷

「忽反顧以游目兮，將往觀乎四方。」

「悔相道之不察兮，延佇乎吾將反。」

溫汝能說的非常恰當：「全篇語言之妙，往往累言說不出處，而數字回翔略盡，有一種淸和婉約之氣在筆墨外。」所以牠能用這樣短小的形式 表現這樣深遠複雜的意境，要想用語言解釋牠，幾乎不可能。就如：

「遐路誠悠，性愛無遺。」

包含多少說不出也說不盡的意思？就像是

「閨中旣以邃遠兮，哲王又不寤。」

「時曖曖其將罷兮，結幽蘭而延佇。」

到了林子，再沒有希望，他還是在「徘徊」，絕望中得到些微安慰，往往感激流下淚來，在這樣的喜悅裏，他說：

「豈思天路，欣及舊棲。」

「涵茹到人所不能涵茹爲大，曲折到人所不能曲折爲深。」劉熙載這兩句話移來解釋這個深婉窈渺的境界，或者可以得其彷彿。離騷也有這樣的辭句，一樣的沈痛。

「何所獨無芳草兮，爾何懷乎故宇？」

兩個詩人在命運裏如何掙扎，如何處理他們自己呢？陶淵明雖然沒有同調，還能夠諧合衆聲，在日暮清爽的空氣裏悠然自得。屈原底態度就更爲決絕，只有嘆息：「既莫足與爲美政兮，吾將從彭咸之所居。」於是走上死的白路。

【附註】

❶參看詩品自序。

❷見他底"Science and Poetry."

❸仝上。

❹Ludwig Lewison 編的 "A Modern Book of Criticism."

❺李注莊子天下篇：「厲之人半夜生其子，遽取火而視之，汲汲然惟恐其似己也。」

❻「晨去於林，遊之八表。」——我們想起年青時候的淵明：「少時壯且厲，撫劍獨行遊。」「猛志逸四海，騫翮思遠翥。」

二三兩章——「僶俛辭世。」

「景庇清陰」——猶如「浮雲蔽白日」，「路幽昧以險隘」。

「日夕氣清，悠然其懷。」——歸田後恬靜的生活，最好和他恬澹清遠的詩對照看。

「游不曠林，宿則森標。晨風清興，好音時交。」——是高潔人格的象徵，彷彿離騷：「朝飲木蘭之墜露兮，夕餐秋菊之落英。」「飲余馬於蘭皋兮，馳椒丘且焉止息。」「矯翮奚施？已倦安勞？」——「賢者避其世。」「性剛才拙，與時多忤。自量爲己，必貽俗患，僶俛辭世。」

陶淵明五言詩的藝術

一

鍾嶸說陶淵明底詩「質直」，像是「田家語」，其後直到宋朝，還有人嫌牠沒有文采。這是陶詩裏比較重要的一個問題，似乎用得着一點說明。詩不盡是「情感自然的洋溢」，牠必須經過藝術底鎔裁；正如西密拉（Simylus）所說：「自然（nature）沒有藝術，或是藝術不與自然結合，無論對於誰，想要求任何的成功都是不夠的。當這兩者遇合在一起，牠仍舊需要加上運用與方法、工作的愛好、練習，一種適宜的機會、時間和能了解所說及的判斷（批評）。」①詩人底本質並不只是由於他具有那種情感和思想，而他特殊的表現能力同樣重要，甚或是更重要的。這就走進了形式跟內容的問題。對於任何成功的藝術品，內容好而沒有精美的形式，或只有精美的形式，而缺乏崇高的內容，都是不夠的，兩者必須恰當地配合，而得到高度的發展。但又不僅調合而已，牠們是交融在一起。白諾德（Arnold Bennett）說得很對；「風格（style）跟內容是不能劃分的，當一個作家表達一種觀念（idea），他就是表達一種字句的形式。字句底形式造成他底風格，而牠是絕對被思想駕馭的。」❷怎樣纔是愜當的調和？卻不容易有準確的尺度，時代風尙和個人底性好都難免沒有偏欹。

得，話又落到陶淵明底詩了，陽休之、陳后山或說他「辭采未優」，或說他「不文」，他們只是看到他字面底意義、色彩和辭句底雕飾，忘了這些文字在詩裏產生的「意境」（自然包括內容底效果）。這種批評不相干，我們倒要探尋陶詩語言底特色，他爲什麽用這種語言？

有人說淵明底詩不是六朝的詩，我們卻正要回到他那個時代去找根源。太康以來的詩人儘量敷砌詞華，追求駢儷，眞如劉彥和所說：「采縟於正始，力柔於建安，或析文以爲妙，或流靡以自妍。」當時的詩就因爲這樣，眞的思想和情感被扼死，一點生機也微弱得可憐了。由繁縟回到素樸，由矯飾回到自然，由浮靡回到淸眞，到了盡處，轉過頭來，原是極自然的趨勢。陶淵明底詩就是這樣一個轉變中的結晶。

他底詩語言簡單凝鍊，揭取了樂府詩底明白生動，稍稍和口語相接近。姜白石說牠「散而莊」，這個「散」字實在捉住了陶詩底精魂。他是從過分雕琢駢儷的辭句和結構，轉而用比較接近散文的組織寫詩，以語言自然的節奏爲基調（不管他有意或無意）。他選擇簡單的字（意思卻不簡單），安排在比較自然的次序裏，不多排偶，這樣就形成了他「平淡」的風格。那樣自然，就如湖水裏迸出的荷花一一在風中飄舉，牠們是怎樣來的呢？尋不出蹤跡。然而他豈只是「平淡」而已，巧妙的安排，精意潛在字句下面運行，眞是奇奧精拔，隱約變化。可是，這件素樸的衣裳牠底內美是不容易看出的，似乎是直到東坡纔發現牠：「質而實綺，臞而實腴」。

一種詩體原有牠自己底性質，經過時間較久，詩人將牠烘染上特殊的情調，於是就造成一種空氣，有的內容比較適宜用牠來表現，有的就不甚適合。淵明底詩大都是用五言寫的，五言詩尚安恬，宜質樸，適於表現平淡眞摯和親切的情思（比四言爲流動，比七言易含蓄）。這樣就跟他詩底意境完全契合了。

一個偉大的作家都是將過去的傳統經過自己改造，重新綜合，纔取來作爲自己的滋養。陶淵明底五言詩似乎不曾從詩經裏取得什麽，楚辭他主要的怕是從那裏接受了一點氣氛或情韻，從樂府詩就在明白生動一方面，也汲取了牠一部分的技巧。他底泉源是在建安的詩，和古詩十九首（建安詩人大量製作樂府，淵明詩裏樂府詩底影響一部分也由牠們傳來），更重要的是曹子建和阮籍。

接受別人底影響，詩人自己或有意或無意，甚或是完全不自覺的，有時牠潛在最深處，簡直不容易發覺，而牠卻確實存在。像是從前旅行過，就說西湖吧，一片遠山凝翠和水底明藍浸在記憶裏，有時牠們會悄悄地將輕微的顏色投映到詩裏來，雖然你不容易感覺出。我只想在淵明詩裏，搜尋一點他和過去詩人感通的跡象，這跡象只是我底心靈在他底作品裏漫遊時偶然發覺的一點淸影，原不能拘泥看的，斷然無意追蹤淵博的學者，一口咬定牠底出處來歷。

陶淵明從楚辭接受的情韻，特別在他和阮籍相近的那些詩隱約可以看出（阮籍想像豐富，辭采幽麗，主要的是從屈原來）。這就說的太遠了，玄虛迷離，只能感覺，不容易說明。

可是，也並非全沒有比較顯然的痕迹可尋。飮酒「淸晨聞叩門」那首詩我常是聯想起漁父。這兩篇命意天然就相同：一藉漁父發抒棄世自沈的隱衷，一藉田父說明自己不能出去做官的決心。漁父首先布置一場小景：「屈原旣放，游於江潭，行吟澤畔，顏色憔悴，形容枯槁；」飮酒也用一幕小景開場：「淸晨聞叩門，倒裳往自開。」不同處只是一用第三人稱，一用第一人稱，淵明穿插了一點鄉下的人情，「田父有好懷，壺漿遠見候。」以下沒有描寫，全是對話：漁父兩問兩答，非常顯明；飲酒兩問一答（省去了田父回答的話），不曾點明說話的人。不同處卻正見出相同：屈原回答漁父「何故至於斯」那一段話，恰恰相當飲酒「疑我與時乖」，不過後者化成敍述而已。而前者結尾漁父唱着滄浪歌，打槳而去，這一景是飲酒沒有的，爲了對照，更不同得有意思。這又是設境與安排的相似了。

對話本身也給我們十分契合的對照：「一世皆尙同，願君汩其泥，」不就是「世人皆濁，何不淈其泥而揚其波？衆人皆醉，何不餔其糟而歠其釃？」「深感父老言，稟氣寡所諧。紆轡誠可學，違己詎非迷？」不就是「安能以身之察察，受物之汶汶者乎？安能以皓皓之白，而蒙世俗之塵埃乎？」而「寧赴湘流，葬於江魚腹中，」詞氣悲婉；淵明就非常斬絕：「且共歡此飲，吾駕不可回！」也許田父氣折，不再說話，自然用不着漁父歌滄浪那樣的結尾了。

古詩十九首影響後世之大，恰和牠短小的篇幅成個相反的對照。大約一由於牠是五言詩中很早的，一是牠可以代表兩漢五言古詩最高的成就。組織和聲調就洩漏出風格底祕密，若從句法着手，研究古詩十九首對於淵明詩的影響，必然可能有不少的發見。這樣的句子並不難找：「往燕無遺影，來燕有餘聲，」宛然就是古詩十九首「秋蟬鳴樹間，玄鳥逝安適？」「榮榮窗下蘭，密密堂前柳，」跟「青青河畔草，鬱鬱園中柳，」是一種結構。「世短意常多，斯人樂久生，」就像是鎔鑄「生年不滿百，常懷千歲憂」兩句底意思。

如果就神情與態度着眼，也可以發現牠們中間的關係：飲酒「棲棲失羣鳥」和古詩十九首「冉冉孤生竹」、「西北有高樓」相近，擬古「仲春遘時雨」、「迢迢百尺樓」和古詩十九首底情韻太酷肖了。這就或者說的太遠了，迷離恍惚，不容易抓得住。不妨舉出個實例來。歸園田居「種豆南山下」和古詩「涉江采芙蓉」不但句底形式相似，就節奏也太像了，命意設境彷彿是淵明有意摸擬。先都點染一片清麗的背景：古詩「涉江采芙蓉，蘭澤多芳草；」淵明一樣地利用了這種手法：「種豆南山下，草盛豆苗稀。」隨着寫動態：「晨興理荒穢，帶月荷鋤歸，」靜觀凝思，一步一步從長滿草木的小路走來，上句只是烘托「帶月荷鋤歸」的景況；「采之欲遺誰，所思在遠道。」則是繾綣纏綿的情態，下句只是描寫他底內心，而動態在「采之欲遺誰」見出。隨後兩篇同樣是抒發詩人底感慨。說也奇怪，這兩首長短也竟相同，不多不少；恰正是八句。那麼淵明是否一定受了牠底影響呢？從形式和手法看，他可能是從那裏得到了一點暗示。

中國詩一向稍偏向抒情的路發展，成績最好的也是抒情詩，敍事詩不發達。「對話」和敍事是有密切關係的，敍事大都少不了對話，抒情詩就往往只是作者一點感觸，一種情調，或者說是「心靈底獨白」。唐以後的抒情詩就不很容易看見對話了。而樂府詩常是包含故事，用對話帶着事實發展，後來的詩用對話大都受了牠底影響。雖然周秦諸子常用問答寫故事，離騷和比較古的詩常有對話，漢賦也有設難，而在這方面影響後來的詩最直接的怕還是樂府詩，淵明詩裏有比較長的對白，或是簡短的上句問，下句答，（如「問君何能爾？心遠地自偏。」）多少受了樂府詩底影響。

淵明有襲用樂府詩句的⑧，也有整篇可看出樂府詩底影響的。歸園田居「久去山澤遊」和古詩「十五從軍征」，同是用對話鋪排，布局命意更是出奇的相似。淵明雖然不一定有意模擬，大約是受了牠底暗示。

淵明底五言詩從曹子建學得不太少，這不重在說模擬他那幾篇，那些句，而在從他接受一種情韻和表現的方法。這樣高的影響，就只是一種精神浸入詩底深處，不能只在一篇一句裏找牠底跡象了。

淵明底擬古，從表現說，眞是「擬古」，不過寫的是自己欲吐難舒的深情。

這裏面有好幾篇顯然是受了曹子建雜詩底影響：「迢迢百尺樓」似用雜詩「飛觀百餘尺」底境，不過子建是壯懷慷慨，淵明則將詩意推遠一層。擬古（和飲酒一樣）充汎着憤切不安定的情緒，淵明在這首詩裏愈是要做曠達，愈是悲慨淋漓。「辭家夙嚴駕」，顯然就是擬雜詩「僕夫早嚴駕」，牠一個個字在凄迷的微霧裏熾燃着悲憤。模擬的痕迹更明白的是「日暮天無雲」，誰把牠和雜詩「南國有佳人」這兩篇一眼看過去，都會發覺牠們命意結構和措辭都太酷肖了。

淵明雜詩裏阮籍底影響不容易見出，而飲酒我卻常將牠和嗣宗底詠懷聯繫在一起。從處境說，淵明和阮籍是繫在同一命運裏，飲酒和詠懷用心也就太多相同處，飲酒確乎是受了不少阮籍底影響：用典故穿縮，藉比興象徵，或是寓言渲染成恍惚迷離的情調，這是處理空氣的手法相同處。而這種手法在淵明底詩（除了擬古和飲酒）是極少遇見的，恰正成了一個非常有意義的對照。若細細比較，又會發覺飲酒底句法、用事和設境與詠懷都太酷似了。擬古一部分學古詩十九首，一部分學曹子建，一部分就學阮籍。「迢迢百尺樓」和詠懷「登高望四野」非常相似。「日暮天無雲」像是從詠懷「西方有佳人」取得一點靈感和情韻。

二

陶淵明將詩底題材伸展到自然，實在是開創了一種新的文學。就形式說，也是新的。就講節奏吧，牠是以語言自然的節奏做基調，雖然也有不少是詩的特殊的組織，和當時過分雕飾、駢儷、不自然的詩正是個好對比。較為自然的節奏可並不妨礙他產生和諧的音樂，他有幾篇簡直是迴蕩流動的旋律。隨着他新的題材和詩的特殊的語言，帶來了新的韻律。愛略忒(Mr. Iliod)說得好：「誰尋得了新的韻律，他就擴張、精美了我們底感覺；那不僅是技巧的關係。」而淵明又不僅是新的韻律而已，牠詩裏有種特殊的聲音，成為新的個人的韻律（new personal rhythm），如果用柏蒲（Alexander Pope）底話，可以說是「聲音的風格」（style of sound）。

淵明用比較接近說話的語言，清而不太重，淡而不太穠，眞摯而不浮飾，跟他詩底內容剛剛協合。除爲了製造空氣，或藉古事抒懷（如飲酒、擬古），他極少用典，——當然也由於他那種新詩過去很少恰好表現牠的典故。他底詩排偶也是極少的，尤其抒寫田園情趣的那些詩，是更爲自然的（從前的人稱他「平淡」，大約是指這類的詩），無論字句或組織，牠未嘗不精鍊，卻都磨光到透明，見不出痕迹。山谷說得也對，「不煩繩削而自合」。

不見痕迹，究竟不是沒有痕迹，若從句法着手，研究他如何表現這種新的意境，一定可以發現不少的奧祕。他往往用直覺頓然捕捉住最微妙的情感，「空庭多落葉，慨然知已秋。」一給你底神經通一閃電花，誰能不警覺？而終於是一縷嘆息壓你心上，化爲輕煙似的惆悵，像這樣高的境，我們除驚異於他神祕的力量，眞也就只好嘆息「無迹可尋」了。而細細尋繹，也就還有話可說，也許正有話要說了。「目倦川塗異，心念山澤居。」掘發了遠游人最深沈的情感。他研磨詩意化爲最明銳的感覺，刺進人心靈深處（特別是「倦」「異」兩個字相摩相蕩，見出堅凝的力），正如「計日望舊居」託出歸人望鄉迫切的心情一樣。他常善用了不相同的境對照，使詩意更鮮明深邃。例如「世短意常多，斯人善久生。」「情通千里外，形跡滯江山。」而「豈忘游心目，關河不可踰，」意思委婉、曲折，跌宕更見姿態，更顯出力量。杜工部詩裏也有這種句法，如同「反畏消息來，寸心復何有？」句子底形式也就靈巧變化，有時兩句包含一個意思，其間微微轉折，「所以貴我生，豈不在一生？」柔韌中見出力量來。有時意思一層一層遞進，螺旋似地鑽進人心裏，「民生鮮長在，矧伊愁苦纏。」這種句法到李商隱就更巧妙地發生變幻了：「此情可待成追憶，只是當時已惘然。」「春心莫共花爭發，一寸相思一寸灰。」

淵明詩新的意境一面也建築在他底思想上。他所表現的哲理比以前的詩人都多，思想浸進詩裏，漸漸和情感一起發展，淵明底詩正隱約說明了這個新趨勢。他說理的詩你大都感到寧靜的哲學的美，哥德這句話可以借來作為很好的說明：「詩人需要一切的哲學，但在作品裏，就必須避開牠。」淵明底哲學是經過他生活熔冶出來，化為純淨的光輝，而後映射在他底詩裏。「嘯傲東軒下，聊復得此生。」樂天安命的哲理融化在恬淡的情趣裏，你但領略他那微澀的甜味，不會想起那裏面放了蜜。「客養千金軀，臨化消其寶。」玄機透過他優美而滿載着思想的心，染着了情感，形象化而訴於智慧與想像，這裏面的隱喻也就蘊含深長的趣味。山水是表現老莊意境最好的形象世界，「采菊東籬下，悠然見南山，」就是最為宋人稱賞的這樣的名句，他底思想構成神奇的境界，使人驚異而低徊在那裏面。「結廬在人境，而無車馬喧。問君何能爾？心遠地自偏。」王荊公極其讚嘆，說是「自詩人以來無此句」，其實這裏面也就是從莊子借來的思想。他有時是詼諧地含笑給你講道理，你卻忘記了他是在講道理，覺得非常有趣。挽歌辭底思想其實就是「縱浪大化中，不喜亦不懼。應盡便須盡，無復獨多慮。」在那裏面我們並不感到死的恐怖，而愛他底和平靜美，欣賞淵明在死神霜一樣的懷抱裏自在笑傲的情態；「有生必有死，早死非命促。」「在昔無酒飲，今旦湛空觴。春醪生浮蟻，何時復能嘗？」

不錯，淵明底哲理詩是他生活映射出來寧靜的光輝，這一句話也就說明了他所有的詩。誰都知道他是第一個寫田園情趣的人，可是，怕很少人明白，詩到他手裏，纔是更廣泛地將日常生活詩化。這句話似乎平凡得有點怪，詩當然表現生活，可是，淵明以前的詩人就不甚多寫個人日常生活。什麼地方沒有詩呢？這句話是不錯的，而牠隱在幽深處，要詩人纔會發覺牠，顯現牠。平常的生活化成了詩，我們就感覺牠更豐富，更充實。淵明用高尙、平實、而且眞率的態度將生活呈現在詩裏，青松，雞，狗，黃昏的鋤頭，一觸到他底筆，便都染着了高貴的靈性和情感。他就從日常瑣細的生活，鮮明地顯露出自己底個性。

個性如何在文學裏漸漸顯出，細細搜尋是一個有趣的奇蹟。三百篇裏我們不容易接觸到詩人自己，屈原太高了，彷彿要仰起頭，纔望得着，建安的詩似乎不甚能辨識出作者底個性，太康的作者性情又多被詞華掩沒。就是阮嗣宗吧，他雖然恰好說明了魏晉文學的新趨勢：由現實趨向浪漫神祕，個人從社會幽暗處解脫出來，漸進於「自我表現」。而他底詩意旨淵遠，和我們像是隔着一層虹色的細霧。直到陶淵明纔和我們相當親切，雖然他太皎潔的光輝照耀得我們底眼睛有點花。中國詩人到陶淵明個性纔漸漸顯露，這個奇蹟微妙地說明了：「文學的經驗的中心從人類移至個人，從抽象的道德的世界移至熱情激動的靈魂。」④

陶淵明因眞率坦白的態度而顯露出個性特殊的魔力，是他惹人愛的地方。若追尋他詩裏面底趣味，還有好些特殊不同處：我們已經提到過他幽默的天才，這使他底詩格外親切嫵媚。朱光潛詩論裏的這段話，可以作爲很好的說明：「豁達者從悲劇中參透人生世相，他底詼諧出於至性眞情，所以表面滑稽，骨子裏沈痛。……豁達者超世而不忘淑世，他對於人生悲憫多於憤嫉，……中國詩人中陶潛和杜甫是於悲劇中見詼諧者。」淵明在田園裏精神得到清明、安定，哀愁可不曾絕了緣，他常常用詼諧排遣牠們，這深沈的微笑，是歡欣，是哀愁，也輕鬆，也嚴肅。

他那些淡遠閒適的詩，儼如一片清暉，朗靜明徹，是「如將白雲，清風與歸」的風致。有人說得很對，他「能以光風霽月之懷，寫沖淡閒遠之致」，他底詩將我們從現實生活裏舉起，昇入崇高清麗的異境。牠卻不只是輕聲安流，你常常可以在「清風徐來，水波不興」之外，遇見一些迴湍倒影，心隨着他極度熱烈的情緒，奔馳在激動的快感裏。「淵明詩有『理趣』，」他底思想所反映出奇特玄妙的詩意，的確能給人驚奇和趣味，又不僅是教訓而已。

在淵明詩裏找愛情是不容易發現的，如果有，那就是閑情賦和「日暮天無雲」。有不少中國古代的詩人，他們心裏的愛情（由於禮法、習慣和婚姻制度）

像是壓縮成了一種平凡、實際的生活，雖然不曾完全壓死，也就不容易產生崇高純潔的情詩了。至於陶淵明，這種情感也許轉移爲音樂、自然的愛好和事業的熱忱，經過淨化，昇華爲詩了。而牠就全然泯滅了麽？也不，牠有時會從幽暗的下意識裏竄出來，也許詩人不自覺，也許他怕人發覺而拚命掩飾（閑情賦），也許是眞有寄託（「日暮天無雲」），卻難說一定不會悄悄混入了愛的意識，鼓舞他創作時的心。

三

向來將陶淵明和謝靈運相提並論，也許由於山水這段因緣，可是他們實在走着太不相同的路呵。就態度說吧，淵明筆下生出的風景是他心靈或意境的象徵，謝靈運就以寫實的態度精心刻繪。望深處看，淵明詩裏一株樹、一片山都染着他情感底顏色，耀着崇高的靈性與品格；謝靈運底詩裏是沒有什麽情感的，因而他筆下的山水缺乏生命和高遠的意境。這又是表現高低之不同了。靈運雕刻駢儷太重，雖然不是沒有深俊的詩意，但不免有凝滯的感覺。到謝玄暉，詩是能夠流動了，但他和康樂一樣，只有佳句，很不容易尋出完美的詩篇。鍾嶸說他「意銳才弱」，這批評是很愜當的，「一章之內，自有玉石，然奇章秀句往往適勁，善自發詩端，而末篇多躓。」若站在「調和」與「完美」的觀點，淵明是遠超過了玄暉和康樂。

無論是自然或田園生活，在淵明詩裏你只接觸到一種意境、情趣，或者說是空氣（想像和情感暈成的奇景），看不出各部分細緻的形象，可是，他準確的感覺卻從生活和自然捕捉住最眞實的景象，而進於高邈的締造。「淸氣澄餘滓，杳然天界高，」「微雨洗高林，淸飆矯雲翮。」這裏面是極高、極細微的感覺。

他詩裏也有種田家氣象，泳涵豐美的「眞趣」。

「野外罕人事，窮巷寡輪鞅。白日掩荊扉，虛室絕塵想。時復墟曲中，披草共來往。相見無雜言，但道桑麻長。桑麻日已長，我土日已廣。常恐霜霰至，零落同草莽。」

「時復墟曲中，披草共來往。相見無雜言，但道桑麻長。」不是田野裏的人，無從領會；沒有眞確感覺的人，體驗不到；要不是這樣眞樸的形式，哪能表現得出？這就不僅是「意境」「空氣」而已。

范石湖底田園詩裏最富於這種「眞趣」，比較參看，更能顯出淵明詩底價值。

「蝴蝶雙雙入菜花，日長無客到田家。雞飛過籬犬吠竇，知有行商來賣茶。」

「梅子黃時杏子肥，麥花雪白菜花稀。日長籬落無人過，惟有蜻蜓蛺蝶飛。」

「晝出耘田夜績麻，村莊兒女各當家。兒童未解供耕織，也傍桑陰學種瓜。」

詩人底綵筆隨牠所觸着的情境幻化爲適宜的聲色，陶淵明寫田園，居多是用清淡的筆，不甚渲染，然而他有你意想不到的綺麗。

「日暮天無雲，春風扇微和。佳人美良夜，達旦酣且歌。歌竟長歎息，持此感人多。皎皎雲間月，灼灼葉中華，豈無一時好，不久當奈何？」

這是怎樣的一種聲音！你唸的時候，有點喘不過氣來不是？儼如三月的微風透過紅杏林吹來的，含着潮潤的芳馥，陽光溫煦。這富麗迴環的聲音像陣陣花香噴出，由於有機的韻律（organic rhythm），融爲一片和諧的妙樂，每一個字（彷彿已成流質）都顫動着，宛然瀲灩發光的珍珠，卽使完全不懂得詩底意思，只要聽一遍，也不難想像一個在良夜裏酣歌達旦的美人。這首詩最大的成功在牠底聲音。「日暮天無雲，春扇風微和。」黃昏明媚像一朵玫瑰，春波金色的鬈髮顫動着，傾聽佳人悸顫於良夜的妙音。「皎皎雲間月，灼灼葉中華，」（比興的運用已經圓活多了，牠是融和在詩裏，不像詩經都放在每章底發端。首先是由春天起興，就通篇看，可以說是象徵的。）絃音到了最高點，色彩也絢爛到無以復加。這樣奢侈的用濃重的顏色渲染，只是這兩句，而使全詩增加了瑰豔。

話又說囘來了，淵明接受了前人底影響，不曾完全擺脫（當然也不必）他那個時代詩底風氣（形影神有玄言詩的影響，歸園田居第一首僅僅二十句，竟有十四句是對偶的），而從他身上，也就可以看出其後幾百年詩底消息。

隨着魏晉浪漫神祕思想的繁榮，想像望天空展開牠雲一樣的翅膀，隨着山水文學的興起，詩人和宇宙有一種默契或情感的交流，「同物之境」漸漸在詩裏滋長了苗芽。陶淵明恰好帶來這個新的氣息。似乎可以這樣說，「同物之境」是到他纔顯然開始發展。「平疇交遠風，良苗亦懷新」，「衆鳥欣有託，吾亦愛吾廬」，是詩人和宇宙息息相通的境界。

這新鮮的氣息吹進他底詩裏，就醞釀出綠的生意。「良辰入奇懷，挈杖還西廬」，這新奇的意境似乎是以前不曾見過的。「試酌百情遠，重觴忽忘天。天豈去此哉，任眞無所先。雲鶴有奇翼，八表須臾還。」同樣是充滿異想。太習慣於他底平淡了，會驚異於這些詩句：「淸歌散新聲，綠酒開歡顏。」「鳥哢歡新節，冷風送餘善。」「神淵寫時雨，晨色奏景風。」這哪裏像一般人所想像的陶淵明！從態度說，他已經微微揭開了劉宋以後「聲色」的序幕。

淵明詩所抒寫的多只是一種「意境」，沒有各部分細微的感覺，可是，他有時也用圓熟的喉嚨，唱一唱別調：「傾耳無希聲，在目皓已潔，」寫雪景當然微妙，我們卻更着重文學態度（特別是山水文學）到他手裏露出的轉變，刻畫寫實。謝靈運底山水詩就完全承受這種法則。

建安以前的詩是渾然一氣的，到曹子建纔開始鍊字鍾句，講究對偶（有意做詩），這是詩底一個轉關。向來都說陶淵明底詩眞淡醇厚，但究竟是晉朝詩了。「芳菊開林耀，青松冠巖列」，用字多鍾鍊。「日月依辰至，舉俗愛其名。」「悲風愛靜夜，林鳥喜辰開。」命意有難想到的新巧。他甚或不避險怪：「素標插入頭，前途漸就窄。」齊梁以後詩家專愛琢句，淵明早已指點了一條生僻的小路。

這樣講求鍊字琢句，會發生怎樣的結果呢？沈德潛指出了：「漢魏詩只是一氣轉旋，晉以後始有佳句可摘。」這又是詩底一個轉關。銳意向藝術追求，必然產生一種完美，——居多是一部分特別完美，也就產生了不完美。靈運、玄暉他們都留下了不少的名句：「池塘生春草，園柳變鳴禽。」「野曠沙岸淨，天高秋月明」（靈運）。「落霞散成綺，澄江淨如練。」「天際識歸舟，雲中辨江樹」（玄暉）。句子實在是精美極了，但花雖然好，枝葉卻不甚稱得起。雖然這非就由於名句所累，而那種極力追求完美的態度，未始沒有影響。鍾嶸說玄暉「意銳才弱」，恰正抓住了這個問題。過分講求字句的精美（即所謂「意銳」），力量差一點就難顧到篇底完整（即所謂「才弱」）。這種努力在短章比較容易見出成功（就如精細的工筆畫適於作小幅的條屏），玄暉底小詩精美完密，正從反面作了很好的說明。

刻意追求藝術的完美，居多產生一部分特別完美，這當然不錯，如果牠在全篇詩裏能夠和諧，我們絲毫沒有理由說，只有像漢魏那樣「一氣轉旋」的詩纔是最好的詩（自然，那樣的詩要是眞好，也是一種好詩）。藝術往往到比較複雜、比較高時，愈需要多的變化，就說音樂吧，一部比較長的樂曲，當然可以有平和的旋律，低音的伴奏，然而有時並不妨讓奢麗的聲律像一陣陣穿花亂鶯巧囀而漢出，也不妨着矯健飛騰、清亮如銀的幾聲，如其調配得好（當然須有必要），並不會因此破壞樂曲的統一，相反，正因為對照、烘托，使牠底意境更鮮朗深遠。陶淵明的詩也有名句，譬如「采菊東籬下，悠然見南山，」已成一般人記憶裏珍貴的枝葉，牠卻是異常調和，使全詩更為搖漾生色。

一九四四，五月初稿

【附註】

❶西密立(Simylus, 255 B. C.)"On The Condition of Literary Achievement."

❷Arnold Bennett: "Literary Taste."

❸漢樂府雞鳴：「雞鳴高樹巔，狗吠深巷中。」淵明歸園田居：「狗吠深巷中，雞鳴桑樹巔。」只將漢樂府兩句顛倒，「高」字改成「桑」字。

❹流伊松(Ludwig Lewison)：文學與人生。